拐弯处的风景

鲁 庆 —— 著

时代出版传媒股份有限公司
安徽文艺出版社

图书在版编目（ＣＩＰ）数据

拐弯处的风景 / 鲁庆著. -- 合肥 : 安徽文艺出版社, 2024. 11. -- ISBN 978-7-5396-8200-6

Ⅰ. I227

中国国家版本馆CIP数据核字第2024KH8126号

出 版 人：姚　巍
责任编辑：秦　雯　　　　　　　装帧设计：张诚鑫

出版发行：安徽文艺出版社　　www.awpub.com
地　　址：合肥市翡翠路1118号　邮政编码：230071
营 销 部：(0551)63533889
印　　制：安徽联众印刷有限公司　　(0551)65661327

开本：880×1230　1/32　印张：8.625　字数：150千字
版次：2024年11月第1版
印次：2024年11月第1次印刷
定价：42.00元

（如发现印装质量问题，影响阅读，请与出版社联系调换）
版权所有，侵权必究

目 录

序　拐弯风景,诗意人生　　胡阿祥 / 001

退休后的诗意拐弯
　　——读诗集《拐弯处的风景》有感　晓渡 / 007

开镰 / 001

摆渡人 / 002

用时间的刀,把岁月切开 / 003

拐弯 / 005

掩盖不了的假 / 006

遇见 / 008

口齿不清的收获 / 010

诗稿 / 011

挡墙 / 012

六月雪 / 014

夏钓 / 016

更远的远方 / 018

星空下 / 019

还原 / 021

静夜思 / 023

秋月当空 / 025

行走的树

——艺术农场游 / 027

征程 / 028

晒秋 / 030

看不见的那里 / 031

复苏 / 032

播种 / 033

秋思 / 034

祖国,或仰望 / 035

从这一头,走向那一头 / 036

庐州隐,隐不住的中秋 / 037

你的湖,我的湖 / 038

颠倒的时空 / 040

暮秋如画 / 041

漂 / 042

含羞草 / 043

俯卧撑 / 044

桐城六尺巷 / 045

背影 / 047

晚祷的钟声 / 048

溪流 / 049

渔火,在蓝色的梦中闪烁 / 050

小舟 / 051

夜行人 / 052

冬天来了 / 053

小雪 / 054

皖南,储存的秋意 / 055

你,就在前方等待 / 056

观高龄大师绘画有感 / 057

生日 / 059

酒杯 / 060

湖中的彩霞 / 061

大雪 / 062

桐中同学聚 / 063

黑白 / 064

不一样,就是不一样 / 065

小蜀山的风…… / 066

无声的声音 / 067

叮咛 / 068

昨晚的酒，多了 / 069

节气 / 070

迁徙 / 071

那束光 / 072

家乡的龙眠山 / 073

年来了 / 074

蟹爪兰 / 075

悼河海大学王教授 / 076

时间 / 078

小寒 / 079

光阴 / 080

风景中的风景 / 081

最早醒来的人 / 082

冬雾 / 083

小年 / 084

难忘那场雪 / 085

炮弹厂遗址公园 / 087

等着春天的梅 / 089

我想成为您 / 091

回家，过团圆年 / 092

太阳雪 / 094

那个路口 / 096

新春寄语 / 098

春的思绪 / 100

咏梅 / 102

细微流淌着伟大…… / 104

其实,你什么都不是 / 106

大关水碗 / 108

二月的表白 / 110

掼蛋 / 112

情人节 / 114

追寻太阳的小女孩 / 116

春暖花开的遐想 / 118

二月的春光 / 120

冷雨 / 122

已经空了的鸟巢 / 124

自豪,我也是其中一员 / 126

跑步的随想 / 128

病了的,不是那血压计 / 130

三八节的表白 / 132

又想起了开心的时光 / 134

那一天,真的难舍 / 136

夜宴 / 138

遗落的调色盘 / 140

方向 / 142

灯塔 / 144

最美的雪,在哪 / 146

我骄傲,我背起了一座山 / 148

棋子人生 / 150

行者 / 152

孤芳自赏 / 153

劳动节之歌 / 155

奔跑的人生 / 157

夏的心思 / 159

写给母亲 / 161

私语 / 163

听说你要去远行 / 164

形影相随 / 166

想和你一道去淋雨 / 167

威海的海 / 169

你在哪,我就在哪 / 171

想起成为父亲的那个时刻 / 173

我醉了 / 175

端午的随想 / 177

端午怀古 / 179

平行 / 181

浅夏 / 183

阳光,还是昨日的阳光 / 185

那一天 / 187

大暑时节 / 189

旅途的遐思 / 191

那香海黑森林中的负氧离子 / 193

衡量 / 195

把七夕的思念,邮寄 / 197

不是因为你,而是为了你…… / 198

开学的季节 / 199

教师节 / 200

电闪雷鸣的夜晚 / 202

另一个我 / 203

难忘,与羊共舞的时光 / 205

四季,都在等待 / 206

红枫 / 208

冬天来了 / 209

2023年合肥马拉松锦标赛 / 211

那香海的冬天 / 213

我在那香海,等一场雪 / 215

等待的雪,来了 / 217

雪后的遐思 / 219

阳光,把余生守护 / 221

黎明,去见一个人 / 223

拐弯处的风景 / 225

春天的风,从唐湾吹来…… / 227

新年的我 / 230

倒春寒 / 232

多此一举 / 234

拐弯处的拐弯 / 235

海棠花开 / 237

三月桃花 / 239

春的萌动 / 240

悼念母亲大人 / 242

没有了母亲 / 244

清明的哀思 / 246

等我 / 248

巢湖市银屏山登山比赛 / 249

夏日的春寒 / 251

后记　我们,徜徉在风景中 / 253

序　拐弯风景，诗意人生

一

鲁庆，我人生中超过半个世纪的朋友了，彼此之间有着太多的交集：

在老家桐城，我们是幼时斗蟋蟀、下军棋、池塘戏水的玩伴，是"恰同学少年"、情投意合、定期交换文学期刊的文学爱好者。

求学上海，我在复旦学历史地理，他在同济读建筑工程，因为相距甚近，所以来往频繁。他来我往之间，我们交流着校园趣事、都市感悟，也分享着青春的秘密、挫折和失落。

我们都工作在南京，并在南京成家，隔着长江的哥们儿，因为"一桥飞架南北，天堑变通途"。夏日大厂套房内赤膊把酒，冬天南大蜗居中打牌言欢，生活虽不乏艰困，但总意气昂扬，至今忆起，犹在眼前。

再往后，我的内人牛勇从合肥迁来南京，他与妻子孙雯虹从南京调去合肥，我们各自循规蹈矩地"三十而立，四十而不惑，五十而知天命"。他把建筑树在城市里，把设计画在大地上，做得风生水起；我历史、地理、文学"三栖"，猫、狗、龟、鱼"四喜"，也是自得其乐。而因为他的工作、我的兴趣渐行渐远,我们日常的联系确实少了,彼此的牵挂却总在心中。又因为难得的见面多是回乡过年时在桐城,于是一起爬过的山、蹚过的水、穿过的街巷、尝过的美食,成了我们重回少年乃至重回童幼的共时、共景、共鸣、共情……

二

我与鲁庆这样时移岁易的半个世纪的交往,相信耳顺之龄的读者诸君,会有类似的共鸣与共情。而及至这两年,我与鲁庆见面的机会仍然不多,交流的话题却有了崭新的感觉,不是我变了,是他变了,而且变得那么出乎我的意料——读者诸君大概率也会出乎意料。

发现他变了,是在两年前的八月一日。那天,鲁兄发微信给我:"也许是受您的影响,近些年来,闲暇之余,喜欢码些文字,写点随想。"即刻就转来"半岛诗刊""安徽诗歌""同步悦读"等公众号发布的一批他创作的散文诗。再后,我的老鲁仁兄的新体旧律诗文,纷至沓来;又后,他的散文诗选《另一束阳光》、他讲究平仄韵律的《短亭草》,遂郑重其事地题字、签章,找着机会"谨呈"于我……

这还是我熟悉的鲁庆吗?高中选的理科、大学读的建工、从事工程项目设计与管理、职称是教授级高工的鲁庆,怎么变身为省市作协、中华诗词学会的会员了？我在不解之中,先是几番品咂他发给我的作品,翻阅他赠予我的集子,叹美他的诗、词、文、句,还真像那么回事:混凝土、脚手架、塔吊、阀门,皆能入诗;美味厨、吊颈椎、外孙理发、噪音新污染,皆能成词;大到天地与四季,小至晨跑与晚练,都可触发诗情词意,炼出佳句新词。这位花甲男人,竟如此敏感与细腻！而由这样的敏感与细腻,我又每每感慨系之:建筑的凝固、设计的严谨与诗词的灵动、文句的寄寓,原来可以这样相互灌注;理工专业的沉稳、花甲男人的静好与人文关怀的灵心、自然审美的慧眼,原来可以这样彼此彰显！也许,这就是我与他在日常生活、专业研究、旅途行走中珍惜、关注、追寻的差异美吧,也就是老鲁仁兄"再而三"的诗集言以《拐弯处的风景》之大义所在吧！

三

何谓"拐弯处的风景"？我在这部诗集中看到了这样的"点题"抑或"点睛":

> 奔腾而下的河流/流淌的,还是单调地流淌/最好的风景/是在那河流的拐弯处//方向改变,流速调整/于是,有了浪花朵朵……(《拐弯》)

——这是拐弯处的自然风景,它不再单调,有了改变,有了调整,有了映现阳光与月色、起伏跳跃的朵朵浪花。

岁月的车,停靠在退休的站点/这是人生,又一个拐弯/……//以前,整天捯饬数字/现在,开始琢磨文字/数字严谨,文字却书写着浪漫……(《拐弯处的风景》)

——自然的原理,也是人生的大道,从"奔腾而下"以建功立业,到在"平凡的生活"中"捕捉亮点",在岁月拐弯的鲁兄那里,这是"让生命更有意义",这是"生活态度,升华",而在我看来,这是从奉献社会到理解自我,从"形而下"的器到"形而上"的道,从雕梁画栋到返璞归真,它们各美其美、美美与共,并无所谓的"更有意义"、所谓的"升华"。

曾经一天到晚,捯饬数字/如今却爱咀嚼文字/一二三四,之乎者也/都如同那音符,奏响了乐章//以前大胆地喜欢力学/如今,却又移情别恋文学/牛顿也好,李白、杜甫也罢/怎么都成了老汉的偶像//曾经描绘的图纸/建成了一座又一座大厦/如今推敲的平仄韵律/又吟诵成了一首又一首诗章//退休了,身船拐进了港湾/风平浪静,涛声不再依旧/可远处的汽笛,催人起航/拐弯处,还真的拐了个大弯(《拐弯处的拐弯》)

——这首与上首,诗意乃至诗句都略有重复,然而这样的重复,却印证了我"各美其美、美美与共"的判断,盖"移情别恋"于文字,文学,李白、杜甫,平仄韵律的新晋"诗人"鲁庆,并未忘怀曾经沉潜于数字、力学、牛顿、图纸的本色"高工"鲁庆,又正是这样"旧我"的"高工"与"今我"的"诗人",共同"建筑"了吾兄的精彩岁月,前后"设计"了老鲁的丰富日常。

四

　　不乏略带猜想地说了诗集主题"拐弯风景"之大义所在,不妨再以人文专业出身的挚友的身份,向理工专业出身的吾兄老鲁建言献策,如何在"拐弯风景"中,更加到位地书写"诗意人生"——

　　诗意人生,那是廉明老儒、昆山归有光《项脊轩记》的白描:"借书满架,偃仰啸歌。冥然兀坐,万籁有声,而庭阶寂寂,小鸟时来啄食,人至不去。三五之夜,明月半墙,桂影斑驳,风移影动,珊珊可爱。"

　　诗意人生,那是疏野名士、松江孙克弘《销闲清课图卷》中的日常:灯一龛、高枕、礼佛、烹茗、展画、焚香、月上、主客真率、灌花、竹、摹帖、山游、薄醉、夜坐、听雨、阅耕、观史、新笋、洗砚、赏雪。

诗意人生,那是华夏中人、龙溪林语堂在《我来台后的二十四快事》中的感慨:"宅中有园,园中有屋,屋中有院,院中有树,树上见天,天中有月。不亦快哉!"

然则我读鲁庆的《另一束阳光》《短亭草》《拐弯处的风景》,其退休优游、含饴弄孙而又心怀家国情怀、故土乡恋的人生,让我眼前浮现了上引归有光的白描、林语堂的感慨;其赋、比、兴的自然流美与风、雅、颂的人文抒写,让我心中参悟了现代社会缺失已久的"一花一世界,一叶一菩提,一水一心法,一石一禅心"。鲁庆把他拐弯后的人生,过成了柳暗花明的发现、充满诗意的风景。于是,我就期待着在他的诗意风景中,能再多些如孙克弘般的"清课",毕竟功成名就的鲁庆,是可以做到这些的;我也寻思着能有机会,让发小鲁兄领着我,回望那些他添加在大地上的具象的作品,是否也呈现着属于他的独具一格的诗风词韵?……

胡阿祥

2024 年 8 月 10 日

句容宝华山麓三栖四喜斋

(作者系文学博士、南京大学历史学院教授、六朝博物馆馆长、江苏省文史研究馆馆员。)

退休后的诗意拐弯
——读诗集《拐弯处的风景》有感

诗集《拐弯处的风景》,乃鲁庆先生退休后的力作,标志着人生新阶段的开始。"此时,阳光正好,风景依然",拐弯之后,是另一片明媚的天。昔日数字海洋中的航行者,如今执笔书写浪漫,严谨的数字退场,文字里绽放出不羁的想象。这不仅是一册记录欢乐与共鸣的诗集,更是跨越历史长河、拥抱现实脉动、深耕生活沃土的精彩篇章。

鲁庆先生以诗为笔,蘸取清澈与灵动的岁月之泉,于纸上缓缓流淌出一幅幅真挚纯净、温暖人心的风景画。他的笔触,时而穿梭于历史的幽深长廊,探寻过往的智慧与情怀;时而观照现实的喧嚣与宁静,捕捉当下的细腻与真实;时而又漫步于生活的每一个角落,品味平凡中的不凡与温馨。一句言语,一幅画卷,皆成思考的源泉,诗人于细微处见真章,探寻那未被触及的深意。

在这部诗集中,鲁庆先生不仅倾诉了自我心声的细语呢喃,更以深情的目光,捕捉了他人的欢笑与泪光,让每一首诗都成为连接心与心的桥梁。他以诗的语言,描绘了一个个生动而感人的故事,让读者在品味文字的同时,也能感受到那份跨越时空的情感共鸣与心灵触动。

《拐弯处的风景》是鲁庆先生心灵世界的真实写照,也是他对生活、对人性、对世界的深刻感悟与独到见解。在这部诗集中,我们不仅能领略到诗歌的韵律之美、意境之深,更能感受到那份源自内心深处的温暖与力量。

在文学的长河中,故乡始终是诗人笔下最温柔的篇章。作为安徽桐城人的鲁庆先生,诗歌中充满了对故乡的深情。桐城六尺巷、龙眠山、大关水碗等意象,构筑了充满魅力的故乡世界,传递了"和"的哲学、坚韧不拔的精神和浓浓的乡情。这些诗歌不仅是对历史的回顾,而且是对故乡文化的深刻诠释和情感寄托。

《桐城六尺巷》一诗中,"你让我让,让出了/古城的六尺古巷",简洁而富有力量,传达出古人以退为进、以和为贵的哲学思想。而"巷子不长/谦和的水源远流长/巷子不宽/却容得下海阔天空",则进一步升华了主题,以小巷寓意故乡人民的宽广胸怀和深邃智慧。在《家乡的龙眠山》中,龙眠山不仅是自然风光的象征,而且也是故乡人民坚韧不拔、勇往直前的精神的象征。"无论风雨,怎样疯狂/都和山一样,把身躯挺立/把崎岖险阻,揽入胸怀",这几句诗,以山喻人,生动地展现了故乡人民面对困难时的坚忍与不屈。龙眠山以其巍峨的姿态,见证了故乡人民的生活与变迁,也铸就了他们坚韧不拔的性格。《大关水碗》以一道地方小吃为切入点,巧妙地勾连起了故乡的记忆与情感。诗中,"把那些千家喜事,烹成佳肴/还有那些既土又洋的乡音/也在一碗碗的水碗中,沸腾",这些生动的描绘,让人仿佛置身于故乡的街头巷尾,感受到那份浓浓的乡情与温暖。大关水碗不仅是一道美食,也是一种情感的寄托,它让远离故土的游子在品味美食中找回了自己,也让他们在外乡也能尝到"外婆灶台的味道"。这种味蕾上的记忆,成为连接故乡与游子的桥梁,让乡愁在梦里梦外缠绕。

鲁庆先生通过细腻的观察与深刻的感悟,展现了他对自然与人生的独特理解。在他细腻的笔触下,秋天与冬天的景致被赋予了丰富的情感与深刻的哲理,每一首诗都是对自然变迁与内心世界的深情对话。从《静夜思》的深邃,到《秋月当空》的孤寂,再到《晒秋》的明媚与《秋思》的怀旧,直至《暮秋如画》的绚烂与《皖南,储存的秋意》的宁静,并以《雪后的退思》的纯净收尾,每一首诗都如同一颗璀璨的珍珠,串联起来便成为一条璀璨的项链,闪耀着智慧与情感的光芒。在诗人的笔下,季节不仅仅是时间的流转与自然的更迭,而且是内心世界的映照与情感的抒发。通过这些诗作,我们不仅能够感受到季节的诗意美,而且能够领悟到人生的哲理与真谛。

"从细微中开始关注,思考细微内部所隐含的伟岸",鲁庆老师的退休生活,不是简单的闲适,而是对生活的又一次升华与提炼。鲁庆先生以诗为舟,悠然前行于人生的新航道,拐弯之处,风景无限,诗意盎然。

晓渡
2024 年 8 月 20 日 合肥

(作者系中国社会艺术协会理事,安徽省诗词学会副会长,《安徽诗歌》《诗风》主编,迄今已在国内外报刊发表作品数百篇,获得各种奖项。)

开　镰

农场不大,如今已经不在
曾经隶属城郊的翻身大队
更是学生学农的学堂

疤痕很深,如今还在
镂刻在左手的无名指上
那是开镰人生的最初印记

田野,麦浪滚滚
教室,书声琅琅
这些禾苗种植着那些禾苗

绿色播种着绿色
金黄成熟着金黄
挥舞的镰刀,诗意的弧线
吟诵着,春种秋收的无限

2022.5.27

摆 渡 人

还在不谙世事的时候
就知道,那是乡邻的尊称
更是外公,引以为豪的名号

到了后来的后来
从长辈们的口中知晓
在那三乡五里
他这个摆渡人,谁家都少不了

每天,和晨风一道
把小桨扛在肩头
去迎送,千家万户
被柴米油盐托起的朵朵浪花

常年,和孤舟单舻为伴
却不会感到孤单
川流不息的渡客,是最好的陪伴

2022.6.12

用时间的刀,把岁月切开

用昨天的刀,把诺言切开

一面是灰色的

另一面还是灰色的

没有见到生命的绿色

和血液的红,一诺千金

也只能说是一个玩笑

用今天的刀,把谎言切开

一面是白色的

另一面是黑色的

就是这样的黑白分明

但不可否认,谎言

有时也是充满善意的

真的不必太在意

用明天的刀,把誓言切开

一面是微笑

另一面是狰狞

总想看清,总想辨别

微笑的后面是什么

狰狞里面又藏着什么

用时间的刀,把岁月切开

一面是风雨

另一面是阳光

左手挡着风雨

右手挽着阳光

这更是谁都曾经历的岁月

      2022.6.14

拐　　弯

奔腾而下的河流
流淌的,还是单调地流淌
最好的风景
是在那河流的拐弯处

方向改变,流速调整
于是,有了浪花朵朵

在拐弯的时候拐弯
会有意想不到的收获
"四渡赤水"的故事
就是伟人思想的拐弯
才有了奇兵天降的佳话

2022.6.15

掩盖不了的假

无论是怎样的学舌鸟语
也道不出朴实的人言
再精致的妆容
也经不起岁月的雨淋
假的就是假的
伪装，也改变不了真相

不要在婚礼的高台上
如同戏中的小丑
甜言蜜语，那个台子
本身就是临时搭设的
一朝某日，说撤就撤

那个喜欢躺平
想和天空平行的人
就是那梦里梦外的幽灵
喜欢黑暗，昼伏夜出
哪怕一点点阳光

都会觉得心惊胆战

与其高谈阔论,消耗时间
不如走向田头
把丢失的麦粒捡起
尽管只是一粒籽实
但也一定会,成为
下一季的种苗

有时真相,真相就是
那一颗麦粒,一棵种苗

2022.6.22

遇 见

如果能遇见太阳
我也能成为
宇宙中的一颗星星
让浩瀚夜空多一分明亮

如果能遇见李白和杜甫
我一定会用平仄的音韵
把一个个松散的字符
串成一首首美妙的诗

如果能遇见交叉的双轨
我一定会把远方的远方
拉到咫尺的眼前
让天涯不再是天涯

如果能遇见雷电和风雨
我一定会让骄傲的天空
升起一道绚丽的彩虹

哪怕只是瞬间的匆匆而过

遇见，看似偶然
何尝不是必然
就如同岁月
在四季中循环

2022.6.27

口齿不清的收获

很多年以前的以前
他说，我喜欢艾青的诗
她说，我也喜欢爱情的诗

很多年以后的以后
她喜欢上了诗人艾青
他也爱上了诗中的爱情

如今的如今，每天
他和她都在不停地写着
写着艾青曾写的爱情诗篇

2022.6.30

诗　　稿

放下那支不习惯用的派克
拿起用了多年的英雄牌钢笔
蘸上和天空一样蓝的墨水
写下寄送到远方的诗稿

把祝福和思念
一笔一画地用心写上
把誓言和承诺
一字一句写进责任的篇章

那印有红线的信笺上
红色的情愫在红线上流淌
那不是音符的音符
却把激情岁月的乐章奏响

山河感怀，星月动容
这哪是诗稿？分明是
想把嫦娥揽入太阳的怀抱

2022.7.2

挡　　墙

总是用重重的身体
屹立在风雨的前面
挡住必须挡住的一切

用不动,支撑着背后的涌动
"我自岿然不动",才是
职责赋予的最神圣的使命

无论背后的压力来自哪里
水也好,土也罢
都稳稳地把背挺直
用肩把所有的担当扛起

在山边,在河畔,都能看到
没有粉饰,更没有贴面
就用本质的原色,融入
山的巍峨,汇进江河的浪涛

一个人,如果始终也是如此
站得直,扛得起,挡得住
那真的不是件容易的事

2022.7.4

六 月 雪

即使在最热的六月
也会有一场最美的雪
飘飘洒洒,边边角角
用一层洁白覆盖另一层洁白

不是在北国,也不在南疆
江淮的风,八皖的雨
正把岁月燃得火热
就连冰冷的她,也不再冰冷

无论是欢迎,还是拒绝
款款而来的,一定是
安徒生童话里的童话世界
红色的城堡,还有白色的雪

真想,骑上那匹奔跑的白驹
去把那盆盛开的满天星寻找
就如同,驾驭这杂乱的字句

一行行，把美好的诗章成稿

2022.7.9

夏　钓

无须闹铃提醒
一定会早早地起床
提起钓竿,把晨光背上
去赶赴,夏天最热的约会

把开心做成饵料,挂上钓钩
把快乐守住抓牢,放进鱼篓
黝黑的皮肤,炫耀着健康
鲫来鲤往,还有河鲜大餐

无所畏惧,就是要挑战
挑战这最热的天,还有
考验意志,是否依然坚强
汗湿衣裳,给了最好的答案

夕阳尚未西下,把钓起的
另一束阳光,放入夏天收藏
让灿烂还是灿烂,因为

浪花永远是一浪高过一浪

2022.7.10

更远的远方

窗外,远方的哪一片天空
能让心中的蒲公英飞翔
又是哪一束阳光,灿烂
把未来的前程始终照亮

无论幕帘怎样厚重
总会有徐徐拉开的时候
封闭空间,不会永远封闭
最终都会敞开,都会明亮

总是想,用粉红色的裙衫
把粉红色的梦想托起
尽管外面世界,不是这样
但还是想,踮起脚尖
让目光抵达更远的远方

2022.7.22

星 空 下

我不是喜欢追星的人
却喜欢,在一个人的夜晚
仰望星空,仰望遥远
仰望那藏着诗意的远方

有时也想,成为一颗星星
陪伴在那一弯弦月的身旁
让嫦娥不再忍受
冰冷广寒宫里,那孤独的寒

情钟浩瀚,心羡吴刚
桂花树下的那坛桂花酒
虽然远隔时空,几多光年
依旧能把玉兔醉倒在他乡

无论是闪耀,还是黯淡
在星空的怀抱中,都不过是
无穷渺小中的一个个平凡

就如同,争来争去的彼此

2022.7.31

还　原

太高的帽子，太高
高得看不见真实的高度
帽子里面的虚空，又怎能装下
爱因斯坦的那些理论

电梯在动，上上下下
最终却停在，最初的地方
氧化还原反应，都知道
是最简单的一种粒子运动

厚重的盔甲，披挂全身
如同枷锁，锁住了轻盈
不能像风那样，笑对殷勤
只能在深浅中，探索深浅

如果一切都还原成了最初
畅通和无阻，是否还在
真想在最初的地方，把真诚守候

如同血脉还是那样流淌

2022.8.14

静 夜 思

远处的汽笛，近处的蛙鸣
把寂静捅破，让夜色
蹑手蹑脚地溜了进来
企图用黑暗来吞噬黑暗

捋一把紊乱的游思
放进夜色中梳洗，拧干
把昨天和昨天的昨天分开
不再纠缠，如同湖中的湖光

没有谎言的梦乡，平和安宁
就如同，掏空了心思的湖心
清澈透明，仅仅有那
不是誓言的誓言，细语轻轻

太阳高悬，夜幕也已卸下
没有什么，相信和不相信
真假已不再重要，只是希望

岁月的河,依旧安静地流淌

2022.8.21

秋月当空

心事重重的秋月

在灰黑色的夜空中叹息

是丢失了星星

还是担心

那飘浮不定的云,又要来临

不去躲藏,更不去追赶

就这样等着,任时光飞逝

尽享身边的灿烂星光

鸟瞰人间的烟火,五彩斑斓

那棵挂满繁星的桂花老树

还在广寒宫外,独自盛开

酿一坛啊,千年的古酒

饮尽天地间满杯的喜怒哀愁

所有的缱绻,总是在月圆的时候

最为绵长,还是

把时空牵牢拽紧

一头系在天上,一头系在人间

2022.9.5

行走的树
——艺术农场游

风在吹,树在走
景在景中游

猫蹲左,狗伴右
鸡飞蛋难留

蓝天下,绿枝柔
垂涎红石榴

教师节,遇中秋
好运满心头

2022.9.10

征　程

从遥远的遥远，跋涉而来
那里有雪山、沙漠和草原
还有那不断追赶的身影
尾随奔跑扬起的尘烟在升腾

仅仅是喘一口气，小憩一下
未知的征程，一程还有一程
一刻不能，不能松下
紧握，那驰骋疆场的缰绳

岁月的胡须，尽管布满容颜
但奔腾万里的梦想
一直都在沧桑的心中，激荡
夕阳那边的阳光，依然灿烂

江海河山，似号角在召唤
泥泞和荆棘，都是驿站
唯有不息的阵阵马蹄声响

响彻前方的前方

2022.9.12

晒　　秋

把秋天的阳光吮吸
储存在梦中,晒干
梦里梦外的水分
那些幻想,一步一步走近真实

把痴情的秋风收集、压缩
灌进功率强大的空压机
带动心的马达
让秋天的能量不可复制

把秋天的思念,捋顺成丝
意象的梭,穿行其中
一幅幅锦幛,成就岁月的经纬

把秋天的诗意,汇章成篇
融进秋高气爽的白云
把秋天的故事,晒成春天的浪漫

2022.9.18

看不见的那里

没有光线的抚摸
一片黑暗
那看不见的地方
会有个身影,蹲守在那里

就算月亮不再有光芒
星星也会自带光环
别以为只有太阳
才有天地间的所有

你看不见的地方
不代表那里只有虚无
所有的真相
都在未知后面列队

其实,未来所有的未知
都在你看不见的那里

2022.9.23

复 苏

呼吸没有了呼吸，昏厥
突然间，却有了奇迹
脉开始跳动，血开始流淌
欲歇的心跳，也有了节奏

僵硬的臂膀，不再僵硬
又能搬动栽满玫瑰的花盆
而且不费吹灰之力
还能把嫦娥身边的星星采摘

如同夕阳西下，思绪
又扇动起翅膀，开始飞翔
拿起已经放下的笔墨纸张
再把四季歌唱

谁说百花，在春夏才能盛开
我照样能让千禾在秋冬复苏

2022.9.24

播　　种

无论端坐,还是仰望
都不重要,只要心怀敞开
教诲和聆听
就是人生路上最美的风景

即使是煤油灯微弱的灯光
也会把前程照亮
书本外面的路,也要跋涉
走过了泥泞,前程才会明亮

红色的种子,如同阳光
播撒在绿色的田野上
勤耕劳作,汗滴禾下土
似乎已看到,收获的金黄

真想,是园丁,也是花蕾
在教和学的花园中徜徉

2022.9.26

秋　思

带着秋思,来到曾经的这里
一切还是以前的模样
那个餐厅,还在孔雀街前
只是没有见到那朵荷莲

那天,也是那年的秋天
那一弯镰刀,收获丰收
沉甸甸,秋的缠绵
还有忘不了的蜜语甜言

时间过了一年又一年
风风雨雨,争争吵吵
总是在梦里梦外的边沿

其实就如同那散去的云烟
只要蓝天白云还在
最好的,还是随缘

2022.9.28

祖国，或仰望

心中的星河，耀眼灿烂

举起右手，在致敬中仰望

那龙的传人从此站起来的强音

在红色的东方，轰天震响

七十三年的岁月时光

不短也不长

无论怎样风云激荡

红旗猎猎，总是在飘扬

高速铁路，连通起

一个又一个蓝色的梦想

飞船航母，"揽月"威巡远洋

科技兴国成为百姓议论的日常

点赞，这老而未老的心房

始终为祖国的强盛而跳动

2022. 10. 1

从这一头,走向那一头

这一头,草顶茅屋一间
简陋得只剩下思念
但那千丝万缕的线
一直把温馨,梦绕魂牵

那一头,孤亭木柱排列
面朝大海,敞开胸怀
远方归来的那一面新帆
是否把我渴望的渴望携带

缥缈的云烟,晃动着小桥
那些故事里的故事,总是
一会遥远,一会又在眼前

仰望的远方,其实不远
天空的外面,还是天空
就如同一直在跳动的心

2022.10.8

庐州隐，隐不住的中秋

静静地，想把雪白身躯隐藏
是那随风飘来的八月桂香
还有窃窃私语的鸟鸣
透露了，你在清潭路的一旁

落满落叶的路，不短也不长
却让人，在迷离中彷徨
嫦娥轻轻挥去月前的浮云
才把那些黑暗的黑暗照亮

无论阴晴圆缺，都很正常
即使是，身在海角天涯
祝福也能，安放在心的远方

想把所有的暂停键，按下
让四季在这里停止癫狂
把梦，留在浅水边的那段回廊

2022.10.9

你的湖,我的湖

你在有湖的城市,我在有湖的公园
你在湖内尽享,美味"三白"河鲜
我在湖外看湖,欣赏湖的四季风景

你的湖很大,大得在地图上都能找到
我的湖很小,小得在百度上都搜寻不到
其实,不管大小,只要用心
一切都是最好的安排

无论是你的湖,还是我的湖
那如镜的湖水,映射着同一片蓝天
而让那湖心的水温暖起来的
也一定是同一轮太阳

当然,我的湖也不是一潭死水
常常会有浪花在浅吟低唱
这小湖中的水,也会通过城市脉络
义无反顾,流向辽阔的大湖

是啊！一江春水向东流

这一湖秋波，何尝不是如此

       2022. 10. 11

颠倒的时空

秋天的风,没有了缠绵
只有惊醒的梦,黑色的夜
如同大海,吞噬着浪花
那远去的舟楫,怎回岸边

本想把那一片落叶捡起
拂去浮尘,藏进梦里
谁知那股,不是风的风
肆虐中,自己认不出自己

把锋芒磨平,收藏
可又被那不是火的火,点燃
哪儿才是歇息的港湾

已经没有别的想法,只愿
秋天的风,能够吹尽
梦里梦外的那些枯枝残花

2022.10.12

暮秋如画

忽然对莫奈，钟情着迷
还有描绘蒙娜丽莎的达·芬奇
暮秋好像他们手中的画笔

栾树挺立着高大的身躯
把头顶的五彩高举
就像透过树梢的那缕彩霞
送来光亮，让心不再空虚

那一方荷塘，还有塘边柳树
无论矜持，还是高调
都无济于事，秋风总是
把那残存的盎然涂来抹去

只有那凌风的红枫
傲然展枝，无畏无惧
还在和肃杀的秋风搏击

2022.10.14

漂

越过那一波又一波的浪尖
漂洋过海,漂到太阳后面
码头、站台,梦幻一样
演绎着一个个,人生的驿站

那被称作行李箱的皮箱
总是把家乡的味道装满
牛排、奶油,还有汉堡
怎能比得上妈妈亲手做的水饺

绿皮火车,把我送往远方
不管是海角,还是天涯
哪儿都有龙的传人,翘首昂扬

漂泊一生,叶落也缤纷
远行的归帆,顺水又顺风
无问西东,最终都是炎黄的魂

2022.10.16

含 羞 草

在阳台一角,默声无语
不需多大的地方,只需
一盆土壤,一束阳光
就能娇羞地生长

如针的叶子,常年绿着
从不把锋芒,刺向渴望
那点滴的细水微露
完全能满足生长所需的营养

也许只是被目光触碰
就会藏起平时的昂扬
把青翠的身躯萎缩成平凡

低声低调,只是一棵小草
不与红枫绿叶,争宠争俏
即使春暖花开,也不自傲

2022. 10. 17

俯 卧 撑

伸出双手，把大地撑起
放空心灵，自由地呼吸
那高傲的姿态，低了再低
摆平身体，和天空平行

一次又一次，俯下
就是为了，下一次的撑起
撑起的，又岂止是身体
还是明天更强壮的自己

把袖子卷起，胸怀敞开
那老而未老的肌力
也在俯下和撑起中，提升

如同岁月，随太阳起落
生命的阳气，也在
每天的俯卧中，不断被撑起

2022.10.23

桐城六尺巷

静默在小城中间,当年
张家毗邻着吴家
只为了一墙
惊动了来自小城的宰相

修得家书一封
瞬间,骤雨化为春风
你让我让,让出了
古城的六尺古巷

巷子不长
谦和的水源远流长
巷子不宽
却容得下海阔天空

放低了高度
平凡也能成就那些伟大
垫高了目光

你我方能去遥望那远方

　　如今的浪潮,一浪又一浪
　　送来春雨又春风
　　这和谐礼让古城,明天
　　怎能不,高飞万里再鹏程
2022.10.26

背　　影

稚嫩背影,如同雕像
赤裸双脚,把胸怀敞开
迈着从零开始的步伐
从稚嫩走向成熟

这是怀揣梦想的背影
一直向前,不再回头
把背影留给身后,那道
也在守望梦想的目光

光明,把脚下的路照亮
背影后面的黑暗
被黎明前的晨风驱散

理想,就在背影的前方
那五彩斑斓的天空里
一定有你不断追寻的梦想

2022.10.28

晚祷的钟声

夕阳,其实很简单
无论蓝天,还是落日晚霞
似乎都已多余,只有那群山
才让夕阳,把头高昂

暮霭中村庄的鸡鸣狗吠
还有那袅袅炊烟
就如同田垄上行回的乐队
交响着乡村的乡曲乡音

从东转到西,大地已疲惫
在晚祷的钟声里
如同婴孩,安然入睡

那一声声的钟鸣,似流水
让梦里的人,回到了梦外
似乎,虚空已不再虚空了

2022.11.1

溪　　流

从山的裂缝中，渗出
带着山的高昂，还有低调
一路浅吟，唤醒梦中的小城

浪花追着浪花，美丽而短暂
浪花下面的卵石，却像山
始终坚守着坚守

溪流知道，既要托起浪花
又要抚慰无言的卵石
尽管曲折，但还要向前

即使干涸，胸怀裸露
但那一直向前的身姿
怎能不让我们去深思

2022.11.5

渔火,在蓝色的梦中闪烁

蓝蓝的,是天空
还是海洋,也许就是
蓝色的梦在闪烁。也在
把梦一样的未来,召唤

飘浮在空中,还是
游走在无边的海洋
也许,只有在梦醒的时候
那闪烁的渔火知道

微弱的光亮,却也通红
燃烧的力量,照样
把遥远的远方照亮

小船虽小,却能穿越浩瀚
浪高万丈,怎能动摇
那手中,奋力破浪的双桨

2022.11.8

小　　舟

只要有水的荡漾,小舟
就能抵达,心的远方
不要轻言,风平浪静
远方,也许就是惊涛骇浪

小舟,只要有双桨
就能划向那思想的港湾
不论,高高的,在九天之上
还是低微的,与泥石为伴

其实也想,心的小舟
在诗中感受,喜悦和悲伤
体味,风雨中的生命驿站

一生,并不漫长
尽管短暂,但还是要微笑
哪怕只是,瞬间的阳光

2022.11.14

夜 行 人

黑夜在最黑的时候
星光无光,叹息的月色
也在乌云的后面,躲藏
那个身影,却依然在跋涉

祝福的喧闹,淹没了呐喊
阿Q、祥林嫂凄哀在路旁
只有那俯首的孺子牛
在黑夜中,要把头颅高昂

惯于长夜的行者
把春天守望,如同守望
妻儿在灯火阑珊处的期盼

那些刀丛中觅得的小诗
早把长夜的黎明,唤醒
五星红旗,飘扬在红色的城头

2022.11.16

冬天来了

跟在秋的后面，冬天来了
荷塘的荷，渐渐干枯
就连月色，映在荷塘里
也没有了昨天的容颜

冬天来了，万物都在裸露
鸟巢，就那样高挂在树梢
没有了绿叶，遮蔽掩藏
只剩下叽叽喳喳的小鸟

冬天的天地，做着减法
叶子飘落，总是快于生长
就如同夕阳后面的那束光

还是相信，只要心中有阳光
春光，就会填满余生
人生四季，也都会是春天

2022.11.18

小　雪

公告栏有了新的公告
小雪来了,但不是我等的
雪,就像天气预报一样
有时准确,有时让人失望

想融化点什么,却总是让
温暖的日子,越来越短
树的衣服,脱了再脱
洁白的裙衫,还藏在何方

记忆封存,把难忘留住
雪夜前面的那个微笑
总是在洁白的梦中晃荡
就如同白云里面的白雪

在这最美的节气里,小雪
怎能不想起最美的她

2022.11.20

皖南，储存的秋意

是谁，把调色盘掀翻
五彩瞬间把村庄装扮
没有渲染，没有雕饰
只是原汁原味在流淌

是皖南，还是莫奈的画廊
无须精挑细选，在那面
黑白的徽派马头墙边
最美的，还是那绚丽斑斓

无论是从高处俯瞰，还是穿行
赤橙黄绿，灵动的身心
也被染得多姿多彩

无须寻找，心的净土
寻或不寻，其实一直都在
那灵魂没有杂念的地方

2022.11.22

你，就在前方等待

前方的路很长

这一头，始于我的脚下

那一头，止于有你的远方

那是梦魂常常落脚的地方

前方的风景，很美

美的地方，一定有你

有你的地方，一定更美

你，才是风景中的风景

前方的阳光，一定灿烂

耀眼的光芒，总能

把所有的所有，照亮

前方的前方，在哪

只要没有迷茫

那一定是桃花盛开的地方

2022.11.23

观高龄大师绘画有感

黑白,在纸上行走
浓淡,在笔尖流淌
柿子熟了,枯了的芦苇
在秋的后面,把冬歌唱

山外还有山,只要虚心
梦想,总会成真
那画纸上吹来的春风
让四季,栩栩如生

耄耋的容颜,难见皱纹
不老的心,比年轻人还年轻
画外的声音,真的很真

云岚下的清河,细语叮咚
吮墨搽毫中,大音希声
原来,黑白才让天地缤纷

注：高龄大师是安庆画家余河清先生。

2022.11.25

生　日

一个蛋糕,几根蜡烛

就构成了仪式

仪式,又是什么

翻遍了词典,没有答案

吹灭了蜡烛

也吹走了岁月

岁月,留下了稻谷的金黄

还有鬓角的花白

外孙的生日刚过

再把父母的寿辰祝贺

几代人的生日,叠加

就成了,年年月月的生活

在那烛光中,总能看见

母亲呻吟中的欢喜

2022.11.30

酒　杯

不大不小，二两一盏
浓香酱香，香味都很绵长
从春到冬，时光总是匆忙
每天，都能把幸福品尝

端起，责任和担当
放下，奢华和欲望
斟满，是岁月的风霜
饮尽，那更是生活的回甘

敬父母的酒，满了再满
和外孙嬉闹，小酌浅尝
日子，在酒杯中慢慢流淌

醉了，不问酸甜苦辣何味
醒来，总是把梦寻找
糊涂的日子，比清醒更好

2022.12.2

湖中的彩霞

满天彩霞,潜入湖中
平静的湖水,不再平静
红红的,像燃烧的火
浪花,就是沸腾的气泡

天有多高,湖就有多深
虚幻,有时比真实还真实
看得见,却摸不着
这样才会有,神奇的美妙

偶尔换换频道
让鱼升空,任其跳跃
那是贝多芬也难奏的曲调

换一下位置,变一下立场
也许思维顿开,创造经典
改变,在改变以后才知道

2022.12.3

大　雪

在冷的季节,积蓄力量
调兵遣将,让冷更加疯狂
想把这支,叫大雪的队伍
降伏在冬至的前方

鹅毛飞舞,还没看见
北国的兵团,正渡黄河
兵以冰为戈,长驱直入
想用大雪,把城郭掩埋

唯有冬梅,暗暗欢喜
储存着蓓蕾,花红点点
等待唤醒绽放的雪来

那首,梅花爱雪的歌
在远方缭绕缠绵,如同
那颗,藏在冬天的春心

2022.12.5

桐中同学聚

庐城一隅,翡翠湖畔
龙眠河的水,潺潺流淌
朵朵浪花,苦思冥想
是那些,未解的"数理化"

难改的乡音,用酒杯酙满
饮不尽,韶华的同窗情怀
老班长,又在发号施令
老同学,各就各位聆听

不再有,曾经的豪饮
而是交头接耳,细语叮咛
下次聚会,还有我和您

欢声笑语,祝福连连
老了的容颜,怎能掩藏
春风春雨,春耕的心田

2022.12.6

黑　白

似乎，又回到最初的年代
简单颜色，只有黑白
不拐弯的思维，难判对错
真假，不用分辨就已清楚

在有和无的空间，徘徊
离开的身影，渐渐远去
握过的手，没有再握
未完成的画布，谁来剪裁

把宣纸铺开，用最浓的墨
让空白，不再是空白
山水复苏，四季不再沉默

有时真的不知，左还是右
泥土底下，一声声的虫鸣
在把春天，默默守候

2022. 12. 7

不一样，就是不一样

如果不是，老报纸的提醒
我，真的不敢打扰
你那，独自逍遥的享受
享受那，不一样的不一样

其实，不一样的不一样
就是异样，也是怪模怪样
怪异，怪异得难见真心
让人总是胆战心惊

还有，不一样的不一样
就像怪种怪胎，尽管优哉
但僵硬的思维，还有心态
碰来撞去，难以回头重来

舍弃吧，不一样的不一样
最好的，还是以前的模样

2022.12.9

小蜀山的风……

在冷的季节
心也很冷
小蜀山的风,更冷

龙眠山的那颗魂灵
歇下了脚步
不想,再负重度生

用浓浓的情,把泥土松开
种下鲜花的种子,从此
天上人间,都有花香

2022.12.9

无声的声音

琴,无论是扛在肩上
还是揽入怀中
总是想把优雅动听,演奏

挥舞起来的拳头
尽管稚嫩,但刚毅的面容
就连山河,也会感动

听不懂,在呼唤什么
但那无声的呐喊,在渴望
文明的溪水,慢慢流淌

肤色,只是一件外套
黑土地的肥沃,如同阳光
让自由的种子,自由生长

2022.12.10

叮　咛

那几句叮咛,真的平常
添衣加衫,注意防寒
平凡,诉说着不平凡

那几句叮咛,似暖流
漫过冬的田埂,流进冻土
让春,蠢蠢欲动

那几句叮咛,三言两语
字字真心,句句暖心
诗情,也催发了春心

那几句叮咛,如春雨春风
让冬,不再是冬
扶起犁耙,去翻地春耕

2022.12.11

昨晚的酒，多了

昨晚的酒，多了
回家的路上，晃眼的灯火
让我迷失了方向
不知道，哪个才是自我

酒能壮胆，确实也是
一直不敢说的话，说了
把心的拉链，拉开
让藏着的心，不再深藏

不想从黎明的梦中醒来
四季的舞台，其实真的
不需要那些虚空的彩排

酒逢知己千杯少
不管是新朋，还是旧友
紧紧握住的，岂止是双手

2022.12.13

节　气

喜欢用形容词的夸张
把十二个月,精雕细琢
有时,也挑几个副词
把四季,说得字正腔圆

小寒到冬至,从头到尾
冷还是冷,却是别样的冷
雁飞南北,穿行其中
选择的,总是温暖的春

总是那二十四个音符
在芒种、白露中徘徊
一会走,一会又来

其实,还是惊蛰、谷雨好
春分、秋分,也无须寻找
节气,怎会让老翁去老

2022.12.14

迁 徙

科尔沁草原,四月春回
迁徙的候鸟,也在返回
歇歇羽翼,补充一下营养
驿站,就选在有水的草原

隐身于草原工地的一旁
一塘浅水,一群飞鸟
嬉戏,享受迁徙中的春光

没有繁文缛节,耗费心神
没有三番五次,犹豫徘徊
心领神会,照样按时飞行
庞大队伍,不会留下孤单

四季如常,南来北往
岁月在迁徙中,不断流转
迁徙,也让明天越来越长

2022.12.18

那 束 光

从黑夜走来,一步未停
那束光,照亮了黎明
霞光万道的后面
才是等待跋涉的前程

从蓝色的梦中走来
走过梦幻的雪山、草地
那束光,犹如闪电火焰
吞噬着虚幻的一切

从迷茫的无知中走来
那束光,求解着方程式
答案,就在你前行的脚下

从一片辽阔中走来
无须拐弯,只有前方
前方,有指引我的那束光

2022.12.23

家乡的龙眠山

常在梦中出现，恍恍惚惚
一会清晰，一会模糊
蜿蜒的轮廓，恰似龙眠
那是记忆中最初的模样

曾经将年轻的种子
种在高高的山峰峻岭
和石缝中的那棵老松一道
扎根基岩，顽强生长

无论风雨，怎样疯狂
都和山一样，把身躯挺立
把崎岖险阻，揽入胸怀

多少往事，已成为故事
磨难，铸成了山的性格
坚韧，坚韧得不会低头

2022.12.26

年 来 了

腊月的风,吹吹停停
圈养的牲畜,渐渐哀鸣
就连鱼塘里的鱼,也在沸腾
年味,一天比一天醇浓

把春夏储存的温暖和火热
拌和上秋天的金黄
在这冬季的火炉上烹煮
四季的味道,鲜美无比

无须喜庆的灯笼,高挂
烟花自然会在心中开放
远方捎回的,不再是孤单

豪饮的酒杯,斟了再斟
斟满,都是生活的原浆
还有梦回一年的故乡

2022.12.27

蟹爪兰

只要一盆土，就自由生长
绿的节，一节连一节
是枝也是叶，没有扭捏
总是欢喜，冬寒暑热

从来都不会，东挑西拣
无论高贵，还是贫贱
都遵守约定，随你怎么嫁接
同样会随心地绽放自己

昨天还在仙人掌上攀爬
今天却依偎在量天尺的怀中
对谁，都这样赤胆忠心

情钟朴实，心羡平凡
就算身在牡丹园中
也会尽显，低调的奢华

2022.12.28

悼河海大学王教授

都说弯弯扁担,难断
可恨,帕金森症的重载
终在壬寅腊月的那个傍晚
把如山的脊梁,压垮

伟岸帅气,都风干成了曾经
华水的水长,河海的海远
那朵朵浪花,那一刻哽咽成泪花
把体坛的王教授,嗟悼

文三妹的缱绻,你怎舍得
爱女娇宠,贤婿孝忠
又怎能忍心放下,还有
熙孙那正在翱翔的宇空

桃李精英,心怀白花簇簇
家人亲朋,泪洒情思长长

注:华东水利工程学院,简称"华水";后更名为河海大学,简称"河海"。

2022.12.29

时　间

把斟满的酒杯，拿起
饮干喝尽后，又缓缓放下
在拿起和放下的刹那
时间的钟摆，一如既往

岁末的那最后一束夕阳
等待着，新年钟声的敲响
多少等待中的等待
如同流水，时间不会再来

积跬步而行千里
聚片刻瞬间，而汇光阴
时间对你我，从不偏心

把昨天清盘归零
重启今天出发的按键
在明天的时间里，前行

2023.1.2

小　　寒

每年都很准时，过了元旦
总是第一个匆匆报到
不管是二九，还是三九
都会让寒冷，再添寒冷

无须湖面薄冰的掩面
更不要白霜浅露的装扮
不争不抢，都是低调登场
如同蜡梅，孑然默默开放

南方的天寒，北方的地冻
这都是冬至后固有的习性
雪来还是不来，寒都会来

数九寒天，尽揽温暖入怀中
只要心里把阳光装满
就不会畏惧，那些山高水长

2023.1.3

光　阴

光阴,不喜欢回头观望
东芝、日立,也渐渐被遗忘
不再拥挤,那些码头、车站
老树、老屋,已撤离了街巷

不知不觉,小张成了老张
挡在眼前的不再是高山
流水,流走了曾经的沧桑
唯有光阴,还是一如既往

心中的阳光,满了再满
光明磊落,何须躲藏
只要胸如大海,无私坦荡
蚊蝇又怎惧,播种肮脏

不快不慢,光阴难改习惯
昨天和今天,别再纠缠
惜时如金吧,把光阴拉伸
岁月,才会越来越长

2023.1.7

风景中的风景

远方的远方,满天通红
如同火焰,燃烧天空
这是怎样的背景
不卑不亢,辽阔牵着平凡

即使是礁石密布
也会从容走向霞光
去追赶,去抚摸
只有梦中才有的梦想

不远的前方,山影如兽
是召唤,还是防守
打兽棒,都必须紧握在手

赴汤蹈火,昂然挺立
即使是背影,也毅然前行
这,才是风景中的风景

2023.1.9

最早醒来的人

习惯了,喜欢早早地醒来
不贪图梦中的美好
那些虚幻,尽管五颜六色
却总是,看得见摸不着

如同湖畔二月的柳梢
那点点绿苞,在早春醒来
翩翩起舞,随风飘摇
辞别寒冬,向春天报到

星空茫茫,黑夜长长
都会有醒来的刹那
突然,想起了那人的呐喊

有人醒了,却睡眼惺忪
模糊的世界,难辨鬼神
唯有那灯塔,指引着行程

2023.1.12

冬　　雾

想用看得见摸不着的身影
把看得见的真实,隐藏
迷惑双眼,企图瞒天过海
那束阳光,却让一切曝光

想用虚无的缠绵
把冰冷的冬风拥抱,但是
没有温暖,也没有火花
除了寒冷,还是寒冷

想起了谚语,冬雾春雪
从此,多了那一份等待
还有海誓山盟的句句诺言

身披着无形,呼吸着无味
滋润双颊,感受着清凉
行在冬雾中,何不是悠闲

2023.1.13

小　年

过了腊八,就在翘首盼望
年的序幕,由小年渐渐拉开
村口稻场,燃放起了烟花
漂泊的游子,起程回家

自古以来南北就有差异
不多不少,也就一天
祭灶迎新,里外除尘,祈盼
衣食有余,从此无恙如神

也想,用藏在心底的心思
点亮纸糊的灯笼,让烛光
把过往照亮,让前程灿烂

2023.1.14

难忘那场雪

似乎在那遥远的天边
酝酿了很久很久,才在
南北小年交接的时候
让那些等待,开始抖擞

仅仅一夜间,就用雪白
让天气预报,兑现了诺言
用力睁开老花的双眼
也难寻那茫茫的天地边缘

无论辽阔,还是狭小
那洁白都在覆盖,渗透
想冰冷,暖冬流淌的热流
可燃起的火,怎会含羞

如同聚八仙的花瓣,雪白
用无瑕的身躯,还有典雅

把年的吉庆,精心装扮

就连灾祸,也学会了谦让

       2023.1.15

炮弹厂遗址公园

静静地,隐身于庐城一角
把那不为人知的秘密
藏在公园中的公园
将那些遥远,储存到眼前

几粒散落的子弹雕饰
聆听着曾经的号角
静卧于草丛中的几门山炮
回味着曾经硝烟的味道

火花一样的创意
把碎片,凝固成了生机
就如同无序的飞雪
飞舞成,一片空白的风景

旧址,总有遗失的棋子
新景,也有新的妆容
无论是喜新,还是念旧

这,都在你我前行的左右

注:炮弹厂遗址公园位于合肥南艳湖公园内。

2023.1.17

等着春天的梅

低调,从来不会张扬
却喜欢在最寒冷的季节
无声无息,独自开放
不需要那些绿叶的陪伴

无论是蜡黄,还是粉红
都用这点点的羞色
在光秃秃的枝间杪梢
来妖娆三冬的枯燥和单调

雪藏幽香,把火热积蓄
就是为把下一个春,点亮
即使是料峭的三九寒天
也是心甘情愿,默默守候

当置身于人间最美的四月天
又隐身在叶子的后面

一声不吭,将荣耀谦让

而在心中,却把春天歌唱

2023.1.19

我想成为您

举起小小右手,向您敬礼
抬头仰望,八一军旗
梦想的小鸟,刚刚离巢
就想飞向,身在兵营的您

手握钢笔,如握钢枪
写下数理化的笔墨纸张
满满的都是,咱当兵的人
那个我梦想成为的人

文理分科,您是哪科
海陆空的方队,总在诱惑
稚嫩的初心,扛起使命
想成为一个保家卫国的人

如今,我终于成了您
一身戎装,守在国门
守着千家万户的幸福安宁

2023.1.20

回家，过团圆年

把新疆天山那不冷的雪景
装满了行李箱
还有科尔沁草原的牛羊
乘着腊月的风，回家

回到曾经出发的地方
那个村口，那条街巷
尽管翻天覆地，变了模样
但还是认出，那就是故乡

大哥从东北的北面，起飞
小妹从南海的南方，起航
都赶在年的前面
日夜舟船，回家团圆

柴火的锅灶，刚煎的丰糕
全是记忆中的味道

团圆的镜中,也映射出

父母那老泪纵横的微笑

2023.1.21

太 阳 雪

癸卯大年初三的早晨,我从公众号"同步悦读"作者悦读群中,惊悉石楠老师挚爱一生的老伴程必先生不幸于2023年1月23日(大年初二)在安庆病逝,深感悲痛。中午驱车前往安庆石楠老师家中吊唁,途中,原本阳光正好的晴空,却飘起了漫天的雪花,山河似乎也在哽咽。于是便有了这首小诗《太阳雪》,寄托我心中浓浓的哀思。

  那个让人心痛的消息
  伴随新年的第一次寒潮
  突然来临,尽管早有预期
  但冰冷,还是让人震惊

  阳光正好的午后晴空
  雪花飞舞,山河似乎也在哽咽
  把一句句悼念的话语
  弥漫在天上人间

  那本行书小楷的手抄本《画魂》

书写着挚爱一生的魂灵

朵朵素雅的牡丹图中

诉说着诉说不完的思念

倒水喂药,艰辛撑起一个个微笑

写写画画的生活,多姿又多娇

那些相濡以沫的岁月

固化成了那根拐杖的浮雕

2023.1.25

那个路口

总是在晨曦到来之前
身披昏黄的灯光
脚踏孤独的身影
来到那主次干道交叉的路口

就如同事先有约一样,准时
路口总有不期而遇的遇见
清洁工,清洁着夜晚的污浊
那个晨跑的倩影,如行云飘过

风也在这个路口,小歇停留
无论拐弯,还是直行
似乎都要留下轻声的问候
用笑容,在路口把开心播撒

都从不同的方向,来到路口
然后,又奔向不同的前方

一个又一个路口,串起

蕴藏着新的诗意的那个远方

2023.1.27

新春寄语

回来了,赶在春天的前面
带着伊犁的马肉、马肠
还有西北环县的羔羊
回到了曾经离开的街巷

几十米的小巷,不短不长
那些储存了很久的梦想
都从这巷口,开始飞翔
如今,还带回了遥远和吉祥

把新春的寄语,写进春联
横批也挂满了年的味道
爆竹声声,淹没了欢笑
那雪花,预告着丰收年的来到

红泥小炉,炭火正燃
团圆的大锅中,热气腾腾

祝愿,也在沸腾中升腾

新年一定有新的诗意,纷呈

2023.1.29

春的思绪

总是在没人的晴空下
把藏在角落的思绪打开
想和春天的阳光,来场偶遇
把渐凉的情怀温暖

即使是寒冬腊月,漫天飞雪
也挡不住春暖花开的翅膀
冰凌融化,溪流也开始歌唱
心中的歌,一直都没有遗忘

谁说春梦难醒,五更的钟声
准时把黎明的键盘,敲打
轻揉睡眼,别再哈欠连天
太阳,已比昨天的那轮温暖

开门推窗,让阳光过滤尘霾
把那些梦的虚幻,漂洗甩干

全新的春天,全新的一切

五彩斑斓,岂止是红花绿叶

2023.2.1

咏　　梅

季节入冬,寒就追逐着寒
仿佛追进了梅的天地
赏梅和摄梅的人,络绎不绝
还有一个痴痴的咏梅人

这三九的严寒,却是梅
海誓山盟坚守的寒
守着冬寒,等着春寒
就这样始终如一,无怨无悔

也许因为喜欢梅,因此
也喜欢,梅迎送着的这个寒
无论是蜡梅的腊月飞雪
还是矜持朱砂梅的早春冰霜

不需要任何的陪伴
就在空空的枝头独自开放

一苞一蕾,一花一蕊

都用不变的心,把使命担当

2023.2.2

细微流淌着伟大……

渺小总是在博大中穿行
无论是角落,还是缝隙
填充的,都是细微的身躯
如同坚实混凝土中的沙砾

单薄的挑夫,雪中送炭
却能把整个寒冬温暖
点点星火,微弱的光芒
照样把皑皑雪野点燃

一根扁担的平凡,能挑起
万千重担,让贫瘠走向繁华
伟岸的背影,如山
挡住了急雨狂风

无论山高路远,天寒地冻
前方,就在跋涉的脚下

那座不息的灯塔,也在心中

把所有的夜晚照亮

2023.2.4

其实，你什么都不是

突然觉得，和天地相比
你其实什么都不是
天的辽阔，地的厚实
对照了半天，你什么都没有

谁都知道，和山河相比
你其实什么都没有
山的刚直，河的缠绵
到你那，除了欲望还是欲望

不再相信，那些红花绿叶
如果没有了四季的网络
即使是人间最美的四月天
也会让曾经的畅通，失联

我行我素，才是最好的结果
那片云彩，已被阳光剪开

闪电,也把浓雾驱散

晴空的风景里,哪里才有真的你

2023.2.8

大关水碗

越过大小关口,从山村走来
带着田间绿色的地方乡味
还有不断流传的古老传说
来到了庐城的街头巷尾

把那些千家喜事,烹成佳肴
还有那些既土又洋的乡音
也在一碗碗的水碗中,沸腾
用顺汤顺水的碗,盛满吉祥

看似简单的沸水氽煮
却色香味美,鲜嫩无比
无论新朋,还是回头的老友
都在水碗中,吃回了自己

即使身在异乡,无须寻找
也能尝到,外婆灶台的味道

那些思的水,还有念的碗

都把故乡,在梦里梦外缠绕

2023. 2. 9

二月的表白

二月在春来的时候,来了
寒意尚未退去,冰还在挣扎
树木,依然是光秃秃的枝杈
鸟巢裸露着,无法隐藏

归来的人,又要起程
驾着天边的那一片浮云
去抚摸浮云后面的金色年华
让空了的心,再次丰盈起来

就如同癸卯的那只飞兔
既推开晨曦,又点亮星光
在城市的灌木丛中,喘息
演绎着酸甜苦辣的生命交响

计划报告,不再是陈词滥调
白纸上,写满了新的表白

额头上渗出的滴滴汗水

兑现着表白中的那些诺言

2023.2.10

掼　　蛋

刚好四人,饭前约好早来
两副扑克,一百再加八张牌
红桃梅花,选好对家
同花顺,会让这局更加出彩

无论是输,还是小赢
其实都是尽享闲情
把大牌进贡,用小牌补偿
都能把宴席的诗意,浅歌慢吟

为了对家争得上游
自己甘当下游,配合让位
这是为了全局,上策的上策
有时放弃,就是最好的默契

世事有时真的如玩牌一样
牌牌不同,局局都新

唯有淡化了一时的输赢

你我的人生，才能滋润丰盈

2023.2.12

情 人 节

记得有情人那年,还很年轻
无须这节那节,也能把激情点燃
如今,没有了情人再捯饬浪漫
而那些玫瑰,却开始芬芳

节日和烦恼一样,越过越多
除了妇女儿童的节日,还有许多
教师节遇上护士节,中秋跟着重阳
似乎把七仙女的鹊桥,遗忘

早春二月,情人节躲在夹缝
这一天的模样,也被雨洗得温馨
她和他,看不出是假还是真
但那个拥抱,抱得却很紧

忽然想起了古人秦观
那首《鹊桥仙》,写得真好

若是有情人，又岂在暮暮朝朝

最好的还是陪她慢慢地，老了再老

2023.2.14

追寻太阳的小女孩

向日葵,平凡的草,普通的花
常常沉默低调,从不炫耀
用无言的爱,温暖世界
就如同那追寻太阳的小女孩

也是圆圆的、金灿灿的脸庞
像太阳,也总是凝望着太阳
坚守初心,始终如一
扇动着飞向光明的翅膀

站在花丛中,更是在阳光下
抚摸着太阳,不断成长
一切都开始了灿烂的循环
灿烂了你,也灿烂了她

就如同勤劳的蜜蜂一样
从小就学会了采蜜,飞翔

高远的星空，闪光的理想

希望就这样守在太阳的身旁

2023.2.16

春暖花开的遐想

别以为是春暖,才有花开
也许因为花开,春光才明媚
有的时候,确实应该知晓
事物的因果,真的不能颠倒

筑巢引凤,凤又在哪里
光秃秃的枝头,梅傲寒开放
无须绿叶,只要春风缠绵
一枝独秀,堪比那万紫千红

引江济淮,浩大工程
南水能北调,北雁也南飞
自然犹如人类,相似又和谐
遵守规律,才是规律的体现

因小乔的美,还有周郎的才
才有了赤壁怀古的郎才女貌

千秋功名,如梦又如幻

何妨,一樽浊酒酹江月

2023.2.17

二月的春光

二月春光,透明沁透着明媚
风和风在拥抱,忙于约会
一会刺骨,一会温暖
把记忆的磁盘刻得满满

二月春光,梅花次第开放
蜡梅、朱砂梅、宫粉梅……
有的凋谢,有的绽放
把岁月的诗章,一页页翻开

二月春光,缱绻缠绵如水
如同那颗渐渐潮湿的心
思念的恨,拽着牵挂的爱
从早到晚,都在那角落徘徊

二月春光,岂止是灿烂
就像那号角,把新的召唤

让美更美,让高还要高

如同万丈高楼,高到云霄

2023.2.21

冷　雨

冰凉的，飘落到脸颊
不知是雨，还是雪
风，也是一阵比一阵猛烈
午后的天空，越来越昏暗
就如同那个冬夜，让人寒战

已是春天，但百花还在冬眠
春天的寒，让冷雨更冷
依然把刚醒的花花叶叶冻结
唯有那红梅，用盛开的笔墨
把天寒地冻的画面书写

站在屋檐下，抬头远望
那一会冷一会热的千丝万缕
把天地连接，还有油纸伞下
那身旗袍，把雨巷故事诉说

炭火还在燃烧，炉温正好

那颗潮湿的心,需要烘烤

丝丝暖流,慢慢在心头氤氲

笑迎冷雨,心怎会变老

2023.2.23

已经空了的鸟巢

常常抬头凝视,鸟巢
就在空空的枝头,默默坚守
长年累月,似乎都在等待
等待久别窝巢的鸟儿,归来

曾经,无畏冬寒暑热
衔来一枝一叶,慢慢搭设
如同一砖一瓦,盖起的老屋
从此有了窝巢的温暖小歇

不为追寻北方的那朵红云
更不是想要南方的那串金钥
羽翼丰满,远飞高翔
才是生命追寻的那条跑道

乡村老屋,枯树空巢
多少梦想的初心,还有使命

都从这里扬帆起航,如今
空了这里,却丰满了远方

2023.2.24

自豪,我也是其中一员

身披的是晨曦,还是暮霭
去播种,还是收获
所有这些,都不太重要
值得骄傲的是,我已是其中一员

拿起犁耙,背起箩筐
田间小路,同样无比宽广
胸怀和天地一样辽阔
耕耘着万亩稻田的金黄

身影渺小,却点亮整个画面
那跋涉的步伐,永无止歇
弱小团队,力量正在凝聚
那金色光芒,已把征程照亮

你和我,还有无数个他
都是留守社员,坚守着村庄

丰衣足食，家家存有万担粮

这才是我们最简单的梦想

2023.2.27

跑步的随想

步幅,越来越大
步频,越来越快
总是想提速,超越
前面那个挡住视线的身影

锁定了目标,就要追赶
追赶曾经年轻的自己
无论风疾雨狂,都不停歇
哪怕追赶的路,山高水长

有时,没有目标的小跑
何尝不是轻松自在,更好
起点在哪里,终点就在哪里
愿意跑多少,就跑多少

其实无须追赶,昨日韶华
宛如溪水,欢歌流淌

那朵朵浪花,也早已汇入

那条奔腾向海的长江

2023.3.1

病了的,不是那血压计

不知为何,最近老是脸红
脸皮,难道也会减肥
瘦得不能掩盖血液的奔腾

那个不是大夫的大夫
友情提醒,最好查查血压
压力太大,身体指标
也会不太稳定,或高或低

弯曲胳膊,套上诊套
量后才晓,高压、低压都高
怎么可能,难以相信
也许,血压计是个病号

换了再换,量了再量
血压计,还是个"老病号"
最后还是换了思路,原来
病了的,不是那个血压计

事后想想,确实也是
只要是人,就会有病有痛
偶尔身染病恙,其实
是普遍和正常

2023.3.3

三八节的表白

我不会表白
更不会说爱你一万年
活一天,爱一天
这才是实实在在的表白

海枯石烂不变心
海不会枯,石也不会烂
所以那些表白,海誓山盟
飘来散去,其实也如风

我只能做到,我俩一起
剩的我吃,新鲜的你享用
劳累的事,我都会做
让你有空闲,和春天去约会

说了千言万语,难以明白
唯有那一声细微的叹息

才能让你感受到

那才是对你最原始的表白

2023.3.8

又想起了开心的时光

见你的那天,阳光灿烂
云彩也躲在湖心荡漾
就像你那绯红的脸庞
挂满了开心,还有舒畅

在湖边转悠的那个老汉
迈开步伐,想把曾经追上
无论阴晴雨雪,都是这样
可真的来了,却又谦让

下雨的天气,谁都有些失望
就如同那不开心的时光
没有了阳光,就连花草
也藏起了曾经的微笑

太阳升起,云开雾散
又想起那开心的模样

张开的小嘴,飞扬的眼角

那些快乐,何须四处寻找

2023.3.13

那一天，真的难舍

那一天，真的难舍
天使降临的呱呱啼哭声
仿佛还在耳旁回响
这迎亲吹起的喜庆唢呐
就在贴满喜字的窗外吹响

平时喜欢端起的酒杯
斟不完那坛女儿红的纯真
还有倒头就响起呼噜的酣畅
从昨夜开始，就辗转难眠
废寝忘食，有时真的不是勤奋

尽管知道，嫁得不远
就在小城南边，大湖北岸
可总是觉得，要去很远
叮咛的话语，也变得哽咽
只有目光，还在把缰绳拽牵

车队的汽笛声已经远去

扬起的尘埃,飞起又慢慢落下

前面驿站的那些护花使者

都手捧鲜花,频频向这里张望

等待迎接这眼含泪花的新娘

2023.3.14

夜　宴

夜宴，犹如魅力丽人
敞怀迎客，用红颜迷惑
不管是那白领，还是蓝领
都端起斟满欲望的高脚杯
晃动着模糊的光影

灯红酒绿的酒楼，层层升高
从底层一直升到高层
从东边这间，到西边那间
整栋楼，都在蔓延
人人似乎都醉成了酒仙

明亮闪烁的五色光芒
让黑更黑，让夜更醉
血液中的油脂，也变得厚重凝滞
一些虚伪的承诺
在一饮而尽之后，也开始了膨胀

当然,曲水流觞的夜宴

怎能少了那人生的几大欢畅

刚捧高龄白发老翁的寿桃

又享这金榜题名的美妙

那酒,确实是各有各的味道

2023.3.19

遗落的调色盘

是莫奈,还是凡·高
把调色盘遗落在这山坳
让这三月的山村
也五彩缤纷得这么高调

山的那边,祥云正在缭绕
翻腾着,云蒸霞蔚
单调的天空不再单调
灿烂的夕阳,又青春年少

山的这边,一塘浅水
把吉祥暴露在虚无缥缈
就连洒满原野的一地金黄
也在田头私藏着骄傲

而那远山,身着墨绿军装
像个士兵,昂首挺胸

把黄金碧玉守卫,却不知
守的是一时,还是四季

2023.3.29

方　向

人，可以有很多方向
东西南北，哪儿都有可能
摘取这颗星星的同时
也可能收获另一片天空

不像那条一路低调的河流
只有一个流淌的方向
尽管也有曲折拐弯
但总会向着大海的方向

有时，也会迷失方向
不知道前方在何方
马拉松的终点，像星光
也许正是夕阳西下的地方

不管想，还是不想
方向都会在奔跑的前方

究竟何时抵达,一定是

从梦里到梦外的那刻时光

2023.3.29

灯　　塔

有的时候,一句话
就是一座灯塔
那没有光芒的光芒
却会把人生的路,照亮

记得那年,迈出校门的我
如同大海中的一叶行舟
来到济南郊外的王舍人庄
那是化肥厂的施工现场

万事都要摆正自己的位置
老厂长的这句话
始终像灯塔一样
指引着我,不断前行

确实,无论身份怎样变化
都要找准变化中的自己

是左转,还是右转

这,才是做好事情的灯塔

2023.4.4

最美的雪,在哪

梦醒的时候,经常自问
最美的雪,在哪
问东西南北,问春夏秋冬
结果,没有任何答案
只有那让春回不来的冬寒

最美的雪,在哪
就在樵夫砍伐的林海雪原
那皑皑的雪野
却留有两行狼人的足印
深深浅浅,平行伸向远方

最美的雪,在哪
凝视那叶脉书签的脉络
却似乎书写着旧日的文字
一行又一行,如同那颗心
在分别的站台,只有凄凉

最美的雪,在哪

想了许久,忆了多回

那八皖大地喜怒无常的风

已把霍林河的坚冰融化

还有科尔沁,那遥远的雪

最美的雪,在哪

无须再问,更不要寻找

其实,那些所谓最美的雪

就在梦里梦外的梦幻中

有时也在那虚无缥缈的遇见里

2023.4.5

我骄傲，我背起了一座山

步履艰辛，看似孱弱
却能背起一座明天的山
背着希望，一步一步向前
昂着头，不问山高路长

岁月的重担不仅挑战双肩
同样也让孩童勇往直前
稚嫩的目光早已锁定
前方的那一束光芒

妇女儿童，谁说都是眼泪
顽强的基因，却是天生
遗传的神奇，岂止是那符号
即使卑微，照样可以做到骄傲

突然想起了愚公移山
其实,愚公真的不愚

不屈不挠,就是龙的脊梁

这脊梁,成就了伟大的平凡

      2023.4.10

棋子人生

世事如棋局局新
这句谚语,仔细想想
确实如此,一样的开局
总有着不一样的结局

无论将帅,还是兵卒
都是棋盘上的一颗棋子
都在那固定的位置上
坚守着,周旋着,挣扎着

不会在乎,马后炮的炮火
所有兵卒
都会勇往直前,永不回头
即使将帅,不再是将帅

当头炮,马来跳
老旧的套路,也会过时
还有那兵来将挡

有时,也不一定好使

确实,人生就是一盘棋
只有棋在其位,人守其道
才能赢得这盘棋
才不会成为烂棋败子

      2023.4.11

行　　者

最初认识的行者,就是个神话
那三打白骨精的悟空
七十二变,真羡他神功不绝

曾经的梦想,已不是梦想
徜徉星河,又何须穿越
"神舟"的脚步,腾云又驾雾
就如同行者,永不停歇

这漫步宇宙的行者,真神
刚刚还在空间站话别
转瞬又到银河鹊桥小歇
天地间的身影,恍惚重叠

即使没有读万卷书
也照样可以行万里路
那"北斗"的智慧,让行者
初心守着使命,志坚如铁

2023.4.24

孤芳自赏

尽管五颜六色,却还是
张扬着傲骨的孤单
浩瀚的宇宙中
高大也显得那么渺小

舞台很大,那是整个天空
世界进度,宇宙计划
似乎都在舒展的舞步中
四季,也卸载了春夏秋冬

没有观众,更没有掌声
风起云涌,烟波缥缈
远远胜过那欢声雷动
最好的,还是让自己感动

孤芳自赏,不苟合污流
何尝不是一种素洁的高贵

那些虚华的外衣,怎能

把华丽灵妙藏在阳光之外

2023.4.27

劳动节之歌

天地间,五湖四海
肤色不同,言语各异
却唱着同样的劳动号子
那就是劳动者奏响的凯歌

名字和岗位,都很平凡
不可或缺,各行各业
但他们那共同的名号
每一笔,写的都是光荣

也总有那样一群人
左手紧握镰刀,收割金黄
右手高举锤头,敲打贪腐
还把严冬的冰霜,融化

尽管只是微弱的光芒
却照样把浩瀚的星空点燃

无论现在,还是以前

总是劳动者,把未来串联

2023.5.1

奔跑的人生

不是为了快速的超越
也不满足于匀速的平凡
步伐就如同那扇动的双翅
让心在时空飞翔

春夏,约上早起的朝阳
寻觅春燕夏花,呢喃细语
秋冬,缠绵晓月一轮
牵手圆缺,笑对风霜雨雪

把路线选好,还有目标
配速,也调整得恰好
心跳强劲,血液沸腾
你我在奔跑中,怎能会老

无论是独行,还是约跑
我都会比太阳还早

因为已经习惯，要让心

每天被那第一缕阳光照耀

2023.5.8

夏的心思

夏的心思,只有山知道
那条通往云端的路
七拐八弯,曲曲折折
却总能让晨曦和夕阳牵手

夏的心思,只有云知道
无论是飘浮在天空
还是倒映在湖心
都能把虚实,留在风中

夏的心思,只有风知道
不管是劲吹,还是缠绵
都能恰到好处地抚慰
让心思,不再成为心思

夏的心思,只有雨知道
千丝万缕,淅淅沥沥
都能汇成涓涓细流

把种满心思的心田,滋润

她的心思,只有他知道
四季的花开花落,都是那
如花季一样思念的红
还有思念后,牵挂的翠绿

2023.5.12

写给母亲

查尽《辞海》,翻遍字典
也找寻不出合适的字词
把你坎坷的一生书写

反复吟味,搜肠刮肚
怎么也搜不出最美的语言
把伟大平凡的你,赞美

哪怕是尘埃中的一株小草
你也要像白杨一样高昂
把家的那片天空撑起

即使是一块瓦片,也要
为成长的幼苗遮风挡雨
直到雏鹰,也能展翅飞翔

如今,幼苗早已茁壮如树
雏鹰也收翼归巢,而你

却挂着拐杖,整日坐守轮椅

今天,在这不能没有的节日
几代儿孙,仰望南山
愿那一束阳光,还能温暖如春

2023.5.13

私　　语

即使在荒无人烟的郊野
也想和你私语
但不想让路过的风听见

那句说了千年的海誓山盟
总能把昨天和明天相连
海枯石烂，怎会是个谎言

那听不懂的鸟语，一定是
依依难舍，还有久别重逢
那都是让心温暖的话语

没有拥抱，轻轻交头接耳
只要你的心中有我
那些冷清，也变得美妙

2023.5.15

听说你要去远行

歇息了好久的步伐
终于又有了挪动的欲望
那些渐渐忘却的远方
最近总是在捯饬着心房

那松花江的朵朵浪花
一浪高过一浪,频频召唤
还有长白山的阵阵松涛
小曲连着小调,也在低吟

把几年积攒下的闲情逸致
打包,放进旅行箱
把藏于心中的诗情画意
带到太阳最早升起的地方

坐高铁,还是乘国航飞机
其实,即使行程万里

也都便捷、快速和安逸

和谐复兴,并非遥不可及

2023.5.16

形影相随

戴上老花镜,仔细辨认
才看懂,哪个才是真的
空气和水,都能让
看得见摸不着,同时存在

真实的形和虚无的影
有时真的难以分清

明白的事物,模糊的情理
也总在虚实中穿行
东西南北,上下左右
有时真假真的难辨

只要光还在行走
那形那影,总会时刻紧随
转了一圈,来了又回
终点终又成了原点
那个自己,又成为这个自己

2023.5.27

想和你一道去淋雨

就因为,那首老歌
想起了"老地方的雨"
于是就想,想在雨中等你
想和你一道去淋雨

无论春夏,还是秋冬
都愿意和你在雨中狂奔
随心的路程,用心的配速
何须撑伞,心早已淋湿

终于,在那个初夏的早晨
等待的雨,有了遇见
千丝万缕,缠绵了又缠绵
被雨淋湿的滋味,真甜

分不清是汗水,还是雨水
只知有一湾清泉在流淌

就如同那老歌的旋律

带着古韵,在岁月中悠扬

2023.5.29

威海的海

不像名字那样,耀武扬威
更多时候,还很温柔
尤其那黑森林的负氧离子
总是把沙滩的浪漫挽留

不屈不挠,昂首挺胸
勇敢地,把成山头的头
伸向黄海,用那巨大的臂膀
把渤海呵护成温馨的港湾

尽管守望在天的尽头
可总是望不到,那个尽头
就连帝王先贤
也只能,看看远古的天边

忍受着,曾经海战的伤痛
那致远舰溅起的浪花
一浪推着一浪,怎能忘怀

就用这,三面潮起潮落的环绕

再把保家卫国的初心拥抱

       2023.6.6

你在哪，我就在哪

你在哪,我的目光就在哪
四季花开花落
我的目光,不会停留
除非,花中藏有你的身影

你在哪,我的梦魂就在哪
无论虚空,还是丰满
只要你的笑声萦怀
我的梦魂,都会五彩斑斓

你在哪,我的牵挂就在哪
无论暑热,还是冬寒
你的每一次心跳和呼吸
都会让我牵肠挂肚

你在哪,我的诗意就在哪
无论古韵,还是新调

只要是那吟诵你的篇章

就一定是我,诗意的远方

2023.6.12

想起成为父亲的那个时刻

成为父亲的那个时刻
是清晨,还是上午
现在真的难以表述清楚
记得那时,还有个夏令时

期盼中,一夜无眠
产房外,梦想着蓝色的梦
一声啼哭,如同旭日
父亲的天,突然灿烂无比

成为父亲的那一刻
想起了父亲和父亲的目光
那就是驶向远方的船
扬起的帆,正乘风破浪

那一刻,天空豁然明亮
把父亲的孩子,照亮

在洒满阳光的路上，曾经的孩子
也骄傲地成为，孩子的父亲

2023.6.18

我 醉 了

我醉了,不敢看的花,看了
看了才明白,千花百态
月月开的月季,片片不依
合欢花,却是丝丝相连

我醉了,不敢走的路,走了
不怕山高水急,荆棘丛生
只喜鲜花盛开,一路芬芳
最好的洗礼,是狂风暴雨

我醉了,不敢吃的,吃了
不管酸甜,还是苦辣
更不管那"三高"的指标
只要喜欢,就一路追赶

我醉了,不敢说的,说了
没什么了不起,藏在心中

永远只是谜语,那谜底

也只有在醉后,才会揭晓

2023.6.19

端午的随想

端午,屈大夫,还有粽子
节日,名人,美食
似乎没什么相干,却又有
一根长线,将它们串起

就像那条流淌英灵的江水
是公元前的报国情怀
根植于今天的初心和使命
担当,才是中华儿女永远的魂

《离骚》《九章》,更有《天问》
这一篇篇传世经典
虽难以理解其中的深刻精髓
但放出的光,却照耀古今

提几株艾草,走街串巷
行走在时光隧道,去追寻

汨罗江中的那一朵浪花

还有浪花中,深藏的傲骨

2023.6.20

端午怀古

一条江,从远古流淌而来
自始至终,浪花奔腾
永远不变的是那屈大夫
傲骨里面熔铸的威武不屈

一首歌,从远古唱起
《九歌》是音符,《天问》是节拍
那一个个用艾叶包裹的绿粽
是旋律后面的声声呜咽

一首诗,从远古写到今天
《离骚》就是那千年词牌
爱国的平仄,报国的韵律
才是永恒不变的情怀

一个人,从远古跋涉而来
带着悲愤,携着呐喊

那纵身跳江的身影

将多少人,从睡梦中唤醒

2023.6.22

平　行

还是从几何学课本中学到的
平行,就是没有交点
如同心与心的距离
那些人和事,也似乎如此

奔跑于平行路上的俩人
尽管没有相交的驿站
却有着共同的目标和方向
只要并肩,何须双手相牵

平行地站立着,昂首天下
保持尘土之上的垂直
这也是一种顶天立地
就像柱子,把大梁扛起

鄙视那个喜欢躺平
和天空平行的人

似乎就是个死去的魂灵

在那不下车的下一站,呻吟

2023.6.26

浅　夏

连日的雨,落落停停
那夏的热,刚摆好姿势
准备耀武扬威一番
却又被这雨,淋了个透凉

只有那六月的荷,翘首
在一片蛙鸣雀语声中
用大得不能再大的绿叶
把水下不开花的虚假隐藏

始终凝视的,还是那跑者
从春跑到冬,不畏暑寒
即使在浅夏的驿站
依然把有阳光的梦,追赶

不知是雨,还是汗
湿了衣衫,心却倍感欢畅

尽管颜有纹,鬓染霜

照样可以把那个使命担当

2023.6.28

阳光,还是昨日的阳光

是旭日,还是夕阳
已不重要,只要光芒四射
把万物普照,心就灿烂
天地也会五彩斑斓

无论在天上,还是水中
虚实,其实都一样
只是一个能看见
另一个,却摸也摸不着

总是想,自己
就是和阳光并肩同行的人
形影总是相随,不离不弃
不问前程是否似锦

几个围栏,拦不住火红
一叶孤舟,也渡不了烦愁

只有那西山的另一束阳光

把曾经的那些承诺揽收

2023.7.6

那 一 天

其实,就是平凡的一天
月落日升,没有区别
只是那天,夏风吹拂的黎明中
多了一声报晓送福的鸟鸣

把赞美注入,把华章写进
给平凡穿上霓裳彩衣,让平凡
在烛光的摇曳中,不再平凡
所有的目光里,都是荣华

时钟的嘀嗒声,诉说着心声
指针,把瞬间记忆成永恒
表盘,把时间凝固成彼此
分分秒秒,行走的是天长地久

把心中那甜蜜的蛋糕,切开
一块又一块,把幸福分享

干了杯中的酒,千杯再万盏

不醉,今晚怎能回家

2023.7.18

大暑时节

这个时节,火热的岂止是天气
假期的天空,更高更远更热
从那四十五分钟的时间中走出
从 $X+Y=2023$ 的方程式的求解中解脱
让自由的身心,去自由放飞

那呼伦贝尔的敖包,不再遥远
牛群和羊群,也遍布在草原
更有那灼人的阳光
让巢湖边的那一滴甘露,沸腾

还有一份份高校录取通知书
和这季节一样,让人热烈
无论是同济交通运输工程的博士
还是安庆师范大学体育专业的学生

太阳,尽显大暑的火热
炙烤着天地,也炙烤着季节

不知为何,今年酷暑的风雨中

多了那么多,开心后的离别

2023.7.20

旅途的遐思

早早起床,把八皖的夏日晨风
还有那难舍的缱绻,携带
穿金陵、绕海洲、过日照
跨越皖苏鲁,一路风雨兼程
再次来到三面环海的胶东半岛

小包压着大包,一层又一层
带足柴米油盐,还有精神食粮
一车装的,都是暑热和阳光
更有这徽山徽水的徽风皖韵
一路奔向那龙的最东头

乳山的山,那香海的海
从古至今,山海总是形影相随
就如同,日月的光芒
每天,一切都是重新开始

人生匆匆,总是行走在旅途

就如同,长江、黄河一样

万古穿越,千里奔腾

最终流向,那浩瀚的大海

      2023.7.27

那香海黑森林中的负氧离子

不知从哪来,又要到哪去
总有那么大的魅力与神奇
没有召唤,众贤鱼贯而来
没有凝聚,东西南北都来相聚

不是新名词,却是最近才知晓
无色无味,空中或多或少
其实早就存在,常常随风奔跑
看不见摸不着,闻也闻不到

把肺叶清洗、心肌滋养
通了血管,血流也调到了最好
叫"长寿素",也叫"空气维生素"
"天然氧吧",才是它无愧的称号

天天置身其中,不知也不觉
只知舒张和收缩又回到了正常

黑森林中川流不息的人

也似乎都在用身心，寻找

2023.8.3

衡　　量

总希望有把尺子,去衡量
天有多高,海有多深
还有昨天留下的影子有多长
其实,阳光的尺子也就那么长

爱有多少,用什么去衡量
是那想你的一个个不眠夜晚
还是那翡翠钻戒的大小
以及甜言蜜语的真实和虚假

又如何衡量,什么才是成功
灯红酒绿,其实都在别人眼中
只有那部升降自如的电梯
仍坚守着初心使命,善始善终

去往未来的路,从脚下延伸
无法判断,要延伸到何方

只有城市音符里的那束阳光

一直把拐弯处的风景,照亮

2023.8.12

把七夕的思念，邮寄

把所有的思念,用牛皮纸打包
邮寄到那个梦中常去的地方
有时遥远,有时又在眼前

想了半天,选了几遍
还是放弃韵达,选择顺丰
总相信,风中还会有那个呼唤

呼唤昨天,更是童年的七夕
那桥头的私语,似乎犹在岸边
海誓山盟,还在星河上回响

希望,又不希望的回复
还是在梦醒的那刻,收到
原来,也是牛皮纸包裹的思念

2023.8.20

不是因为你，而是为了你……

世上很多事情,似乎都是如此
不是因为你,而是为了你

也许就因为一次偶然的遇见
为了永远,把偶然活成了必然

因为白云总是高高在上
为了追赶,我们学会了飞翔

因为成功时常在别人眼中
为了别人,而把自己活得太累

因为,总觉得就是一个托词
为了,才是最好的表白

2023.9.2

开学的季节

天空恢复了平静
白云不再四处飘扬
就连飞翔的鹰,也回到枝头
久违的校园钟楼,钟被敲醒

把呼伦贝尔无垠的草原储存
用做几何、代数题的稿纸,覆盖
让赛里木湖旁边的果子沟大桥
尽量浅声浅语,低声低调

唯有鼓浪屿的琴声,没有暂停
琴弦就如同那弓下的身躯
为了明天的跳跃,把力量蓄存

粉笔沙沙作响,学子书声琅琅
就用那求解方程式的笔墨
把未来星空,描绘得更加灿烂

2023.9.3

教 师 节

虽然一年只有这一天
却让一生一世,荣耀无限
粉笔是犁,黑板为田,讲台下
几多桃李,还有五彩的梦

花园不大,也就几米见方
天天都雏燕成群,飞鹰翱翔
园丁身影下的那朵朵蓓蕾
总闪耀着太阳的光芒

曾经的曾经,调皮捣蛋
四十五分钟,总觉得很长
不知何时,喜欢上你的课堂
又开始觉得,下课铃声太匆忙

牛顿的苹果树下,硕果累累
花名册中,也是星光闪烁

从青丝到白发的行程单

都印有一届又一届的金榜题名

2023.9.10

电闪雷鸣的夜晚

躲在一道劈天的闪电后面
轰鸣从远方嚣张而来
带着狂风,还有暴雨

让寂静,不再寂静
把最黑的夜空,点燃
让人从最深的梦中,醒来

是福,还是祸
只有树梢摇摆的鸟巢知道
落下的残枝败叶中,藏有星光

越是猛烈,越是短暂
也就一个时辰,就把缠绵
留给了千丝万缕的淅淅沥沥

2023.9.20

另一个我

总是在那个模糊的时空中
寻觅,寻觅另一个我
双眼望穿,也希望把奥妙发现
哪怕只是短暂的瞬间

刚升入天空,又潜入海洋,
奇思妙想,是我的另一只翅膀
浪迹浩瀚,追寻无垠
总是向往着梦中的远方

老师的教导,父母的希望
总觉得,不是我前行的方向
真的不喜欢无趣的数理化
心羡情钟,还是那文字的神话

不要以为,我还稚嫩幼小
另一个我,早已成熟长大

不安分的心，奢望乘"神舟"飞翔

邀吴刚举杯，也把桂花酒品尝

2023.9.27

难忘,与羊共舞的时光

常常从黑色的梦幻中醒来
为了追寻曾经的梦想,那年
频繁地往来于新疆和内蒙古
煤化工,就如同奔跑的领头羊
在石化领域,驰骋奔腾

仰望蓝天碧空,煤制天然气
如白云悠悠,俯瞰无边草原
煤制乙二醇,似牛羊成群
工地上机器轰鸣,铁塔高耸
焊枪烈焰,把水煤浆裂解合成

即使是羊,也要狼性雄起
高高挥舞起手中的那根长鞭
奔跑的步伐,不会停歇
那冲锋的队形,永远向前
就如同驾雾遨游,总是在升腾

2023.10.16

四季，都在等待

等你，在人间最美的四月天
羞涩的月光，还有缱绻的话语
让沁人心脾的玫瑰花香
也黯然失色，显得那么多余

等你，在热情似火的夏日
追赶的步伐，没有停歇
如同温度，总在攀升
马拉松的终点，已在眼前

等你，在凉风习习的秋晨
那个永远向太阳奔跑的身影
身披霞光，五彩斑斓
5′20″的配速，矫健轻盈

等你，在冬日暖暖的午后
尽管树木不再葱茏，一束阳光

穿过枯枝,照耀着那个路口
就如同那个痴情的守候

2023.11.3

红　枫

初冬,最喜欢的还是红枫
诱人的红,从内红到外
红红的叶子,总是善始善终

无论是怎样的季节
不观望,不等待,更不停歇
都用红色,张扬着生命的热烈

不像那些绿得短暂的叶片
早晨还是新绿,中午就已枯黄
傍晚就在那一阵风中,哀伤

其实,红的也好,绿的也罢
只要是与生俱来的原色
就一定会把真实的事物,描绘

2023.11.5

冬天来了

冬天来了，想看的很多
看惯了花红柳绿、蓝天白云
现在只想看，白雪皑皑的无垠
还有那个叹号后面的惊叹

冬天来了，想写的很多
写风的温和、太阳的火热
还有那些享不完的秋收喜悦
也都藏在了省略号的里面

冬天来了，想说的很多
说说张家长，聊聊李家短
还有街边巷口那说不完的趣闻
有时，生活怎能没有句号

冬天来了，想忘记的也很多
那些童年的梦想、青春的翅膀

还有中年奔波疲惫的步伐

是否成功,真的不需要双引号

2023.11.8

2023年合肥马拉松锦标赛

跑团跑友,在八皖大地会师
奔跑的人流,在环湖道上流淌

其实最初,不是为了长跑
而是为了,把战役的胜利报告

百余年来,世界风靡长跑
不分男女,也不分老少

全马也好,半马也罢
只要迈开步伐,追赶才是硬道理

你超越我,我更要超越你
并肩前行,在这也照样欢迎

调整好配速,让步伐均匀
谁都明白,并非最快才是最佳

坚持的步伐,会和成功同行

最后一公里冲刺的身影,真棒

2023.11.19

那香海的冬天

没有了夏日的清凉和喧哗
却多了一分宁静,还有安详
就如同天气,街道也变得冷清
昔日最热闹的那些集市
暗暗把明年的繁荣,筹划

唯有内海中迁徙歇足的天鹅
成群结队,把寒天的热度点燃
欣赏的人群,如暖流流淌
那些"长枪短炮",无数个镜头
在把无数个瞬间捕捉,记录

黑森林的木栈道,落满松针
还有看不见摸不着的负氧离子
无论那大风车怎样转动
昨日的步伐,渐行渐远
似乎都在昨日的繁华中歇足

无花果,也已无花无果

只有那雪打的苹果,依然脆甜

难忘那个卖咸萝卜条的老太

身影不再,笑容难寻

海风,只带来那独特的咸辣味

那些街坊邻居,日渐稀少

都先后回到了旧宅

唯有我这个老而未老的老汉

再来赶一次集,凑凑热闹

体验那香海冬日,寒风的味道

注:那香海是指威海市那香海,为AAAA景区。

2023.11.25

我在那香海，等一场雪

我在那香海，等一场雪
那是一场徜徉于梦中很久的雪
松松的、软软的，更是柔柔的
在冬日的海风里，蹁跹起舞

金黄色的沙滩，依然金黄
白色浪花，如雪一样漫了上来
浅翔的海鸥，扇动着翅膀
轻轻落下，把一行行脚印留下

就像等待那个久别的她
期盼的目光，向远方的天空张望
过去的早已融化，天气预报
说雪来，而又迟迟不来

总说天气太热情了，温度太高
雪总是被淅淅沥沥的小雨替代

尽管无数次梦到,但真的不知

等待的那场雪,何时才来

2023.11.28

等待的雪,来了

正如天气预报所言
等待已久的雪,来了
尽管是和那蒙蒙细雨搅在一起
但还是在黎明的时候来了

这迟来的雪,真是三心二意
落落停停,折腾了一天
也没有让大地改变颜色
除了海风的寒冷,还是寒冷

后来,也许有所醒悟
终于在晚些时候,开始了威武
鹅毛雪花,漫天飞舞
不一会,就染白了大地

似乎又回到了童年
只要有雪,就会欢乐开颜
就连多日的感冒咳嗽

也在瞬间,缓解了不少

其实,快乐就是那么简单
一次花开,一次雪来
无论是耄耋老人,还是童孩
都能尽除那心中的雾霾

2023.11.30

雪后的遐思

真的不敢移步向前
担心把那一片洁白玷污
心思变得晶莹剔透
杂念,也似乎顿时被脱水甩干

真想知道,昨日的尘埃
是否依然,躲藏在洁净下面
灰色的记忆,难道也值得冰存
那一束阳光,已把温暖传送

一步一个脚印,走过以后
才知道步幅多少、深浅几何
别只顾向前,要看清脚下的路
常回头看看,脚印是否歪斜

拿起"长枪短炮",把雪景留下
因为温暖来了,美景就要融化

稍纵即逝的美好,真要珍惜
珍惜的,又岂止是这雪景

2023.12.2

阳光,把余生守护

牵手的那一刻,就注定
终生的守候,即使是无力地躺在
病房的病床上,都会默默地
守在身旁,就如同把阳光等候

余生还有多久,谁能知道
就像风,可以吹绿那一片叶子
也会缠绵地在秋后的冬季
把枯黄和败落留给大地

昨日陌路,今日却是病友
她守着他,他护着她
尽管同病相怜,但守候的阳光
一定会把明天的天空照亮

黑白画面,记录着多彩人生
那些风雨,那些花开

那双渴望的眼睛,似乎又看到
曾经的生龙活虎、热血沸腾

2023.12.10

黎明,去见一个人

黎明,去见一个人
去见一个和新春一样清新的人
新的琴弦,新的音符
弹奏着,那一曲曲新的乐章

黎明,去见一个人
去见一个和盛夏一样火热的人
热血在热情中流淌
晨曦和夕阳都在火焰上灿烂

黎明,去见一个人
去见一个和金秋一样成熟的人
成功的经验,还有深邃的哲思
都在那满脸深深的皱纹中珍藏

黎明,去见一个人
去见一个和冬雪一样透明的人

晶莹剔透，那如毫的银丝白发
也书写着一首首清廉的诗章

2023.12.11

拐弯处的风景

岁月的车,停靠在退休的站点
这是人生,又一个拐弯
此时,阳光正好,风景依然

以前,整天捯饬数字
现在,开始琢磨文字
数字严谨,文字却书写着浪漫

从每天平凡的生活中
捕捉亮点,点亮一盏灯
那盏灯,让夜晚不再是夜晚

面对四季的花开花落,提笔
描绘春夏秋冬的风景
风景中的那束光,永远明亮

从一句话、一幅画开始琢磨
寻找想表达的意境

固化脉络，让生命更有意义

从细微处开始关注
思考细微内部所隐含的伟岸
进而再把一种生活态度，升华

2024.1.11

春天的风,从唐湾吹来……

还是半个世纪前的那阵春风
让我知晓,有个叫唐湾的地方
那时,心中就装下了你
如同春风,开始在心中涌动

那天,慈祥的吴家老太
也是满面春风,携女带孙
从你那山清水秀的乡间小镇
回迁到几十年前就离开的县城

那空了多年的三间瓦房
从此以后,又荡漾起了笑声
那个唐湾来的叫唐小平的男孩
自然成了我爬树捉鸟的伙伴

岁月在春风的吹拂下
走了一年又一年

直到二十世纪九十年代
我才初次拜访这五百年的古镇

初次走进这古镇的古街古巷
那一排排记载着历史的古建筑
如同翻开的书页,字里行间
都在把历史的辉煌,娓娓道来

古亭下那如同八卦图形的渠田
总是油菜金黄,稻谷飘香
还有那青山绿水间的红旗洞
也习惯把年年丰收的喜悦收藏

如今,春风又起,山水欢腾
深山老林,机器轰鸣
焊枪烈焰,正把蓄能电站建设
一个现代化的山村,即将呈现

吟诵吧!各位诗家
歌唱吧!快乐的你我他
就让这如山泉流淌的诗情画意

把这古风酣畅的古镇,描绘

装裱成一幅幅永不褪色的画页

注:唐湾,桐城市一个具有五百年历史的古镇。

2024.1.12

新年的我

新年的我,喜欢
巍耸,和天空垂直的人
顶着天,立着地
如同柱子,把天空撑起

新年的我,鄙视
躺平,和天空平行的人
枕着枯萎,伴着落叶
僵尸般,徘徊在黑夜的前沿

新年的我,仰望
崇山峻岭,那里卧虎藏龙
无论是虎跃,还是龙腾
这龙虎精神,都要代代传承

新年的我,俯首
还是要甘为那孺子牛

躬身,在阳光下跋涉

用平凡再次砌筑新的平凡

2024.2.22

倒 春 寒

春暖花开,艳阳高照
天气却突然收到寒潮的邀约
春风,让春雪飞舞起浪漫
春雷,也大声地把春雨呼唤

那件收起来不久的羽绒大衣
从衣柜深处,再次被拿出
穿上那双防滑靴,戴上手套
欣然走进貌似冬天的春天

昨日的积雪,尚未融化
又被今天这皑皑春雪覆盖
就连那枝报春的红梅
也被一片白色,冰封雪藏

赏雪的人儿,满面春风
暖暖文字,让冰凉不再冰凉

冬冷也好,春寒也罢
只要是春天,总会春暖花开

2024.2.23

多此一举

明明就是枯枝败叶
却想在废墟中,伪装成花朵
明明就是墙头招摇的小草
却想把等不来的春天,等候
岂不是多此一举

森林已败落得不是森林
樵夫也成了虚伪阴森的幽灵
却还期望有朝一日
百花争艳,万木逢春
难道这,不也是多此一举

是啊,还是多一些脚踏实地
少一些多此一举
永不止步地前行,前方
总有不可或缺的诗意

2024.2.27

拐弯处的拐弯

曾经一天到晚,捯饬数字
如今却爱咀嚼文字
一二三四,之乎者也
都如同那音符,奏响了乐章

以前大胆地喜欢力学
如今,却又移情别恋文学
牛顿也好,李白、杜甫也罢
怎么都成了老汉的偶像

曾经描绘的图纸
建成了一座又一座大厦
如今推敲的平仄韵律
又吟诵成了一首又一首诗章

退休了,舟船拐进了港湾
风平浪静,涛声不再依旧

可远处的汽笛,催人起航

拐弯处,还真的拐了个大弯

2024.3.4

海棠花开

阳春三月,海棠花开
我总喜欢,徜徉于湖边柳下
邀朋又唤友,赏花红叶绿
把酒吟诗,豪情万丈

无论是垂丝,还是西府
海棠都在把浓浓相思,深藏
也许只有在千杯万盏以后
才争先恐后,竞相开放

那嫩嫩的叶、粉粉的花
就是春天最美的春装
还有那淡淡的香、柔柔的姿
更是写给春天的浪漫的诗

春雨,轻拨枝间绿肥红瘦
浅浅品味,易安居士的古韵

陶醉在那海棠的花开依旧

那遥远的花，又飘逸着馨香

2024.3.16

三月桃花

有时真想
牵着春天的手
搭着三月的臂
去和桃花，来一场约会

无论是烟雨蒙蒙
还是春光和煦
我都会义无反顾，去寻找
那朵桃花曾经的浪漫

故事里的故事
总是被桃花里的桃花
缱绻得那么精彩，因为
故事里有我，有你，还有她

2024.3.17

春的萌动

春来的时候
风不再那么安分,雨也是
冷冷的湖水,开始燥热
小鸟飞离了巢穴
在空中飞翔,你追我赶

太阳,越来越早地醒来
那片火红,在树梢林间燃烧
山的后面,夕阳
总是挂在苍穹下,不想离开
就这样一天比一天难舍

蛰伏在泥土中的虫卵和草籽
悄悄地,潜生暗长
不再留恋泥土的朴实无华
破土而出,享受阳光

总是捋不顺的那一缕缕愁思

也打起精神,熨平了皱纹
猫了一冬的海棠
更是搔首弄姿,绿肥红瘦

春来了,一切的一切
都不再安分,都在萌动
万物中的你,不也如此

2024.3.22

悼念母亲大人

泪在眼中,痛在心上
从今天开始,我没有了妈妈
尽管早有预期,当噩耗来临
还是止不住,泪在心上流

就在甲辰二月十五
这个月圆无风的夜晚的戌时
那颗跳动了八十八年的心
从时间走出,再也不回

山河垂泪,龙眠悲歌
飞燕也在呜咽低翔
那袅袅香火旁的长明灯
闪烁着生命不息的光芒

怎忘温暖着回家路途的母爱
就如同不落的太阳

在浩瀚无垠的星空中

照耀着再也没有母亲的孩子

2024.3.24

没有了母亲

没有了母亲,没有了港湾
那叶漂泊的小舟,何处是岸
谁知？龙眠山水中的母亲
从这个时空,去了那个时空

没有了母亲,天空低首垂泪
就连阳光,也没有了温度
蓝天不蓝,白云不娆
只有无边的念想,笼罩心路

没有了母亲,那飘浮的云朵
却如同重重的秤砣
从高空,落了再落
沉沉地压在空空的心头

没有了母亲,昼夜无眠
曾经可口的饭菜,少了油盐
酸甜苦辣,清茶烈酒

真的好想,能再和妈妈共尝

没有了母亲,不能撒娇任性
只有那挂在墙上的微笑
还是一如既往地把子孙照耀
不管是徐府,还是鲁家

2024.3.31

清明的哀思

清明的哀思,一年浓于一年
今年更是到了极致
呻吟的风,呜咽的雨
似乎都在把三魂七魄,喑拜

甲辰春月,春风低咽
清明前的那个月圆之夜
惊闻噩讯,天人永别
新添的哀思更加呜呼哀哉

曾经阳春四月的明媚清明
随鹤西飞,一去不再
只留下,那只疗伤中的苍鹰
苦苦追寻飞燕的目光

长长的哀思,把心缠绕
不断地把失落的魂灵,裹紧

祈盼在回煞摇曳的烛光里

能看见,那些看不见的身影

2024.4.4

等　　我

怎能忘怀,那些有你的岁月
我十年寒窗,求学苦读
你总是在机器轰鸣的忙碌中
带着望子成龙的目光,等我

待我毕业成家,初为人父
你总是牵着长得像你的孙女
在金陵、庐州,还有桐城
那个老街巷口,等我

二〇一八年突发脑梗,从此
左腿失能,行动不便
你总是蜷缩地坐在轮椅中
带着孤独难舍的眼神,等我

如今,你带着曾经的微笑
在那张挂在墙上的照片里
默默无声地,等我回家

2024.4.9

巢湖市银屏山登山比赛

地方很近,却不常去
今天一去,就把极限挑战

号角,就是那发令枪的枪声
从起点冲出,冲向终点

是起点,更是终点
是朝着不同方向的同一点

是终点,又是新的起点
其实,人生处处都是起点

观大湖名城,赏创新高地
你追我赶的奔跑,更是攀登

不分男女,不分老少
都在把心的目标,寻找

路途,一会上,一会下
一会平坦,一会崎岖险峻

刚刚还是快到6′的配速
瞬间,配速又慢到13′

加油,加油,再加油
一遍又一遍,从心中喊出

到达终点的那一刻,终于
挑战成功,极限不再是极限

注:2024年4月14日举行的巢湖市银屏山登山比赛,是合肥市第十三届运动会群体部登山比赛。

2024.4.15

夏日的春寒

五月的风,掺和着春寒的呜咽
放入衣柜的衣服,再次穿上
雨夜的梦里,恍恍惚惚
仿佛又见到了天堂中的老娘

虽已立夏,太阳还是那么苍凉
没有温暖,没有光芒
西山的那边,夕阳躲着夕阳
连天的阴雨,连起了电闪雷鸣

早起的鸟儿,叽叽喳喳
轻轻地,抖动被雨淋湿的翅膀
成群结队,雀跃飞翔
不闻不问,这人间的世态炎凉

唯有我,这没有了母亲的孩子
还在把太阳的慈晖,遥望

即使是那功能强大的无线网络

也无法,把思母的心声传达

2024.5.5

后记　我们，徜徉在风景中

现在回想起来，这本诗歌集《拐弯处的风景》，应该是我在出版第一本散文诗集《另一束阳光》时，就开始构思了。其实，从某种角度来理解，"另一束"和"拐弯处"似乎存在着某种说不清的内在联系，似乎都有"新的开始"的寓意吧。所以这本《拐弯处的风景》应该是先有书名，然后才开始构思书中的内容。

什么是"拐弯"，词典上的解释有三种：一是行路转方向，二是比喻转变认识或想法，三是拐角。而我所理解的"拐弯"，应该是广义上的"拐弯"。不仅时空上、思维上有"拐弯"，而且人生路上的所有改变和转折，都可以理解为"拐弯"：从嬉戏的孩童进入幼儿园、小学、中学、大学，十几年的寒窗苦读求学，是人生最初的"拐弯"；寒窗苦读以后，从单纯的"三点一线"（宿舍、教室、食堂）的校园生活，步入五颜六色、精彩复杂的社会，在职场的舞台上，通过努力奋斗来体现自身的人生价值，这是人生最大最重要的"拐弯"；进入花甲之年，离开苦中有乐的竞争工作岗位，开始含饴弄孙的退休生活，尽享悠闲，这是人生最后一个大而又慢的"拐弯"。

说到"拐弯"，是的，尽管我已经退休，到了人生的又一个拐弯点,但鲜见曲折,少有阴影,相反,心中的那一束阳光还是那么灿烂,我还是喜欢用诗歌的文字,颂扬生活的美好,真正感受到"人生何处不风景"。因此,我依然喜欢从每一天平凡的生活出发,捕捉生活的亮点,点亮心中的那一盏灯;从四季的花开花落起笔,描绘春夏秋冬的风景,让夕阳西下的那一束阳光还是那么绚丽多姿;从每一个细微处关注,思考事物内在的哲理,进而升华为一种积极向上的生活态度;从一句话、一幅画开始琢磨,寻找它们所表达的意境,让生命持久而有意义。

"生命充满了劳绩,但还诗意地栖居于这块土地上。"正如最具有诗人气质的德国哲学家海德格尔的这句著名格言所表达的,尽管生活中充满了辛劳和困顿,但我们仍然应该以诗意的方式生活。这种诗意栖居,不仅是一种充满阳光的生活态度,更是一种对生活本质的深刻理解,启发我们在忙碌中坚持对美好的追求,找到生活中的诗意和宁静。

什么是"风景",词典上的解释是:一定地域内由山水、花草、树木、建筑物以及某些自然现象(如雨、雪)形成的可供人观赏的景象。风景是一种能够引起人们审美与欣赏的景象。同样从广义上,我认为风景不仅仅是风景,我走过的岁月、遇见的场景,还有相逢的同行人,都可能是一个又一个风景。正如杨绛先生所说的那样:"生活里,能够同行的人,比风景更重要,因为很多时候,同行的人,就是风景。"

只要我们始终心怀阳光,天涯何处无芳草,眼前哪里不风景? 同样,只要我们心中有情,眼中有景,无论我们是转个身,还是拐个弯,都会置身于无限风光的风景中。

人的一生,真的就如同那川流不息、穿山达海的河流一样,既有初期的涓涓细流汇入,积少成多;又有中途的一泻千里,汹涌无比;更有拐弯处的浪花荡漾,柔情万种……

是啊!拐弯处还有拐弯,无论是时空上,还是思维上;风景里还有风景,无论是你在风景里,还是风景中的我和你。

现在再回到这本诗集。开篇的《开镰》,是我的写作风格由散文诗和古体诗向现代诗歌"拐弯"的第一首,而且还被《安徽诗歌?同题诗选》2022年第12期(总第64期)从众多来稿中选录并推送。这无疑对我在诗歌创作方面,起到了真正意义上的"开镰"。所以,《安徽诗歌》公众号,对我来说,就是诗歌写作的良师益友。我这本诗集中的大部分作品都是由《安徽诗歌》公众号的"同题诗选""诗情画意""每日好诗"等栏目推送过的。在此,我要感谢《安徽诗歌》公众号,在我诗歌写作过程中的一路陪伴。同时,我还要感谢《安徽诗歌》的主编晓渡先生,他在酷暑难耐的夏日,还为我这本诗歌集写了诗评《退休后的诗意拐弯》。

在这里,我更要感谢我们的友情超过半个世纪的发小、老朋友,文学博士,南京大学历史学院教授胡阿祥先生,他在著书和研究任务十分繁重的情况下,还冒着酷暑,强忍着痛风,为我的这本拙作写下了序言《拐弯风景,诗意人生》。

最后,我还要感谢安徽文艺出版社在本书的编辑出版过程中给予的支持。

2024 年 9 月 9 日　合肥　东华园